Querido lector:

SEÑOR GODFREY, AQUÍ ESTÁ MI TRABAJO SOBRE MAX Y LA PANDILLA MEDIEVAL.

¿QUÉ?

NATE, SE **SUPONÍA** QUE TENÍAIS QUE LEER UN LIBRO SOBRE **HISTORIA**.

© 2019 Lincoln Peirce

¡Y LO **ES**! ESTÁ BASADO EN LA **EDAD MEDIA**.

Y ESTÁ LLENO DE **PERSONAJES GENIALES**.

MAX, un aprendiz de trovador

Sí, pero yo **QUIERO** ser un CABALLERO.

LA PANDILLA, una alegre banda de inadaptados

¿INADAPTADOS?

Onc

un mago retirado

Abra-cadabra

un rey cruel

¡QUE LES CORTEN LA CABEZA!

Este libro tiene de todo: acción, aventuras, emociones y montones de bromas hilarantes.

¡ROARRRR! ¡Soy un dragón auténtico!

¡ESTO NO ES HISTORIA, IDIOTA! ESTO ES **FICCIÓN**.

OH, Y ADEMÁS HAY UNA **BRUJA MALVADA** EN LA HISTORIA.

ME RECUERDA A ALGUIEN, ¿NO CREES?

MAX Y LA PANDILLA ES **MÁGICO**.

Nate Wright

Max
y la pandilla medieval

Lincoln Peirce

Traducción de Francesc Reyes Camps

B DE BLOK

Título original: *Max & the Midknights*

Primera edición: junio de 2019

© 2018 by Lincoln Peirce
Publicado por acuerdo con Random House Children's Books, un sello de Penguin Random House LLC.
© 2019, Penguin Random House Grupo Editorial, S. A. U.
Travessera de Gràcia, 47-49. 08021 Barcelona
© 2019, Francesc Reyes Camps, por la traducción

Printed in Spain – Impreso en España

ISBN: 978-84-17424-56-5
Depósito legal: B-10.675-2019

Compuesto en Infillibres, S. L.

Impreso en Reinbook, S. L.
Sant Boi de Llobregat (Barcelona)

BL 2 4 5 6 5

Penguin
Random House
Grupo Editorial

Para Jessica, Elías y Dana

Voy a confesaros algo: ser trovador es bastante rollo.

Eso de «trovador» ya sabéis lo que es, ¿verdad?

Los trovadores trovan: son como cómicos, siempre de viaje.

Y el trovador no soy yo, sino mi tío Budrick. Él se encarga de todas

las canciones y de todos los malabares. Yo lo acompaño más que nada para ocuparme del caballo.

Se podría decir que aprendo con él... Se supone que practico con el laúd (ese instrumento que toca él y que parece un muslo de pollo gigante), que memorizo todas las canciones y que me preparo por si al tío Budrick le da un achuchón. Pero hay un problema:

¿Que por qué no? Bueno, pues porque te pasas el día en la carretera, eso primero. Es un rollo total. Así también cuesta hacer amigos, además, porque siempre te estás moviendo de un pueblo a otro.

Y este carromato en el que vivimos no es lo que se dice un hotel de cuatro estrellas... Y... ¿Y qué más? Ah, sí...

¡Estamos en la EDAD MEDIA!

Pero hablo del siglo XIV, ¿eh? Vaya, que hay un montón de cosas que todavía no se han inventado: como las carreteras asfaltadas, los cepillos de dientes y esas tuberías que facilitan la circulación de agua en las casas. Así que es una vida bastante dura, y —ya me disculparás, tío Budrick— no veo cómo unas cuantas canciones y unos trucos manidos podrían ayudar a hacerla más fácil.

Para que me entendáis, así se supone que tiene que funcionar todo ese asunto trovadoresco: Resulta que acabas yendo a parar a

alguna ciudad, y que la multitud se reúne en la plaza. Tú haces un espectáculo. La gente aplaude y te echa monedas en una cesta. Tú utilizas las monedas para comprar comida y así no te mueres de hambre.

Parece sencillo, ¿verdad? Es un intercambio básico en el mundo de los negocios. Pero es que tío Budrick como hombre de negocios es de pena. No se concentra en el dinero. Se distrae con otras cosas, como...

¡FUERA DE MIS CAMPOS, MALANDRINES!

¿DEBERÍAMOS CORRER?

SÍ, VAMOS.

¡ZUM!

SOLO ERA UNA COL Y ESTABA ALLÍ
EN EL SUELO. POR QUERER CENAR,
SE NOS VA A CAER EL PELO.
SUYO EL HUERTO ES, DE ACUERDO,
SÍ, SEÑOR, ¡NO DISPARE MÁS,
POR FAVOR SE LO RUEGO!

SIR BUDRICK
CANCIONES Y CUENTOS

Es algo que pasa mucho. Eso no significa que todos los días hagan puntería con nosotros, pero esquivamos más flechas de las que podríais pensar. Por lo visto a la gente no le gusta que los extraños tomen atajos que pasan por su propiedad. O tal vez sea que no les gusta cómo canta tío Budrick. Sea como sea, cuando conseguimos dejar atrás al señor Abusón, ya se está haciendo de noche.

A mí me parece la mar de bien. Nos detenemos junto a unos cuantos árboles y desengancho el coche. «¿Quieres que haga un fuego?», pregunto.

Pero tío Budrick me mira con expresión avergonzada. «He... He tirado... Se me ha caído la col cuando escapábamos —me dice—. Hoy no habrá sopa, lo siento.»

Eh... Sí, bueno, me gusta ese optimismo, pero...

Por suerte para nosotros, resulta que entre mis habilidades está la de subir a los árboles. Así que trepo por entre las ramas mientras tío Budrick espera abajo.

«¡Vaya, vaya!», dice tío Budrick, cada vez con más emoción en la voz.

Bueno, ESO llama mí atención.

«¿Qué significa eso de que TUVISTE que partir?»

«Estaba a punto de suceder una desgracia —contesta tío Budrick con un estremecimiento—. Si me hubiese quedado en Byjovia, Max, tal vez me habría convertido en...»

Uups. Eso ha sonado mal. Pero me quiere tomar el pelo, ¿no?
Todo el mundo sabe que los caballeros son valientes y fuertes y
todo eso, ¿verdad? En cambio, tío Budrick es...

Lo que os decía: tío Budrick es un gallina total.
«Bien, ¿qué? —dice—. ¿Comemos?»
«No tan rápido», le digo.

¡QUIERO QUE ME EXPLIQUES **MÁS**!

¿CÓMO ES ESO DE QUE CASI TE CONVERTISTE EN **CABALLERO**?

ES UNA LARGA HISTORIA.

TAL VEZ LA MEJOR MANERA DE EXPLICARLO...

... ¡SEA CON UNA **CANCIÓN**!

ESTUPENDO.

¡ZUIP!

OHHHHH... ABRID BIEN LAS OREJAS QUE AHORA YOOO...

¡PLOING!

EPA.

CUERDA ROTA.

«En Byjovia —empieza a explicar tío Budrick—, cuando un muchacho cumple los diez tiene que empezar a estudiar un oficio. La mayor parte de los chicos aprenden de sus padres. Si tu padre es panadero, te haces panadero. Si tu padre es herrero, te haces herrero.»

«Bueno, pues mi padre era caballero —siguió diciendo—, aunque uno poco importante. No era mucho más que un escudero, en realidad. Pero estaba impaciente por apuntarme a la escuela de caballeros.»

Eso me ha dejado boquiabierto.

«¿Había una ESCUELA de CABALLEROS?»

«¡Y tanto que sí! —dice tío Budrick—. Allí es donde te enseñan todos los cometidos caballerescos.»

«No lo dirás en serio, ¿verdad? —le dije—. ¿POR QUÉ NO ibas a querer?»

¡PIENSA EN TODAS LAS **AVENTURAS** QUE PODRÍAS HABER VIVIDO!

Tío Budrick niega con la cabeza. «No estaba interesado en aventuras. No quería que ningún dragón me tratara como una chocolatina.»

NECESITABA UNA MANERA DE EVITAR LA ESCUELA DE CABALLEROS... ¡Y LA **ENCONTRÉ**!

¿CÓMO?

«Después de verlo actuar, me dije: "¡ESTE sí que es un oficio con el que ganarse el sustento!"»

«Lo dices porque le pagaban dinero, ¿no?»

«Pero lo más importante de todo es que me tomó como aprendiz. Salí de Byjovia y nunca miré atrás. Había empezado mi carrera como trovador...»

¡Sí, estoy aplaudiendo! Comparada con uno de los espectáculos de títeres de calcetín de tío Budrick, esa historia era la bomba. «¿Y nunca piensas que PODÍAS haberte convertido en un caballero?»

«¡Nunca! —contesta—. Incluso cuando tenía diez años, sabía que no quería.»

«¡Pues no faltaba más, compañero! —dice tío Budrick—. Tenemos manzanas. Llévate todas las que quieras.» Le tiende la mano, pero el extraño no se la estrecha. En lugar de eso, se saca algo brillante y afilado de entre la ropa.»

«Quédate con esas manzanas podridas», gruñe.

No me lo puedo creer. «¿Quieres robarnos?», le pregunto.

¡PERO SI NO TENEMOS NADA QUE **ROBAR**!

«Max tiene razón, amable señor —grazna tío Budrick—. No tenemos nada valioso. No somos más que unos humildes trovadores.»

Bueno... Eso no es del todo así. TÚ tal vez seas un trovador, pero YO SOY... yo soy...

«¡A... A qué te refieres?», tartamudea tío Budrick.

Uf, no me gusta esa manera de razonar.

«Y los CABALLEROS son de los BUENOS —continúa diciendo—. Parte de su trabajo consiste en perseguir y apresar a GRANUJAS...»

«Mucha pinta de caballero no tienes, eso seguro —admite el extraño—. Pero no puedo arriesgarme.»

¡Epa! ¿Ha dicho que quería MATARLO? Pensaba que solamente quería robarnos. ¿Por qué iba a estropear un robo perfecto añadiéndole un ASESINATO?

No hay tiempo que perder. Inspecciono por nuestro lugar de acampada en busca de algo con lo que oponer resistencia, pero no hay nada más que unas cuantas piedras y el laúd de tío Budrick. Y entonces establezco una conexión.

Un momento, ¿qué es tanta modestia? HA SIDO increíble de verdad.

«¿Cómo has podido conseguirlo?», pregunta tío Budrick.

Guau. Dusty NUNCA había corrido tanto. Nos hemos quedado allí, mientras el ruido de su galope se perdía en la oscuridad. «¿Y AHORA qué hacemos?», pregunto.

«Mejor el plan B —digo yo mirando al extraño en el suelo—, que consiste en largarnos antes de que el príncipe encantado este recupere el conocimiento.»

Tío Budrick se muestra de acuerdo.

«Vámonos —dice, agarrando la vara del carromato—. Adelante, Max. A la una, a las dos... ¡Y a las tres!»

Pero ¿quién había clavado esa cosa al suelo mientras estábamos distraídos? No había más remedio que continuar andando.

«¿Para qué quieres esa daga?», me pregunta tío Budrick.

«Más que nada para que no la tenga ÉL —explico yo—. Y ahora que es mía, ha dejado de ser una daga.»

Con el brillo de la luna resulta fácil ver el camino que tenemos delante. Pero avanzar es duro, porque llevamos mucho peso, y los dos estamos exhaustos. Lo que me recuerda...

CUANDO LLEGUEMOS A BYJOVIA,
¿DÓNDE **DORMIREMOS**?

«Estoy seguro de que alguien nos ofrecerá refugio —responde—. Las gentes de Byjovia tienen fama por su amabilidad.»

SIGUEN EL EJEMPLO DE SU **REY**...

CONRAD
EL MAJO

«Ese era simpático, ¿no?»

«Era un buen hombre —dice tío Budrick, asintiendo—. Cuando yo era niño, en Byjovia, todos los del reino lo querían...»

...EXCEPTO UNA PERSONA:

SU HERMANO PEQUEÑO, ASTUTO Y TRAIDOR: ¡GASTLEY!

«Pero ¿qué mosca le había picado a Gastley?»

«Estaba celoso —contesta tío Budrick—. Como primogénito, Conrad iba a heredar el trono. Gastley comprendió que no iba a ser nada más que un príncipe...»

... A MENOS QUE EL REY CONRAD MURIERA... ✳EJEM✳ ... PREMATURAMENTE.

¡HAAALA! ¿«PREMATURAMENTE»?

ENTONCES, ¿GASTLEY QUERÍA JUGÁRSELA A SU **HERMANO**?

«Sí, pero eso nadie lo SABÍA —contesta tío Budrick—. Hasta que un día algo memorable sucedió en la plaza del mercado.»

TODOS LOS AÑOS, CONRAD CELEBRABA UNA FIESTA PARA LAS GENTES DE BYJOVIA.

HABÍA MUCHOS JUEGOS, Y MALABARES...

PERO ESE DÍA EL ACTO PRINCIPAL ERA...

... ¡UNA EXHIBICIÓN DE **DESTREZA CON LA ESPADA**!

EL **REY CONRAD** SE ENFRENTARÍA A **SIR GADABOUT**.

«¿Quién era sir Gadabout?»
«Un caballero del rey. Y su amigo más íntimo.»

«De modo que en REALIDAD no fue un combate de esgrima real.»
«No, no, qué va», dice tío Budrick.

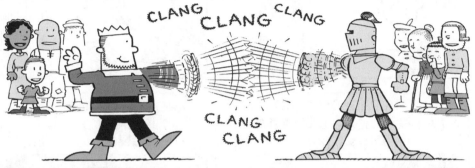

LO ÚNICO QUE HACÍAN ERA ENTRETENER A LA GENTE.

PERO DE PRONTO...

¡WHOOSH!

¡TIC!

¡**CUIDADO**, MUCHACHO! ¡POR POCO ME **PINCHAS**!

¡EH, MIRAD EL **ÁRBOL**!

EL PUNTO QUE HA TOCADO LA ESPADA DE SIR GADABOUT...

¡SE **MUERE**!

SSSHHHH

¿LE HA PASADO ALGO A LA HOJA DE TU **ESPADA**, AMIGO MÍO?

¡QUITA!

¡ARREA! ¡LA PUNTA ESTÁ CUBIERTA DE UN **VENENO** MORTAL!

¿VENENO?

¿QUÉ?

¿POR QUÉ SIR GADABOUT PUEDE QUERER MATAR A NUESTRO REY?

NO, SIR GADABOUT **NO QUERRÍA**.

ASÍ QUE ¿**QUIÉN**?

¡TIRA!

«Todo el mundo sabía que Gastley era un granuja», dice tío Budrick.

«No —me contesta—. Recuerda: era Conrad el MAJO.»

TENÍA TAN BUEN CORAZÓN QUE NO QUERÍA **HERIR** A SU HERMANO...

«Hablando de Byjovia...», dije.

«Vamos a rondar un poco por la ciudad», me sugiere tío Budrick.

ME HABÍA PARECIDO ENTENDER QUE LOS BYJOVIANOS ERAN **AMABLES**.

¡Y LO **SON**!

... O **ANTES** LO ERAN.

EL REY CONRAD PREDICABA LA AMABILIDAD Y EL COMPAÑERISMO.

¿QUÉ HA CAMBIADO?

BUENO... QUIZÁ CONRAD YA NO SEA EL REY.

MMM... BIEN PENSADO, MAX. SUPONGO QUE ES POSIBLE.

¡! ¡!

¡! ¡!

«Pues sí, creo que es más que posible, tío Budrick», le dije.

«¿El rey Conrad ha muerto? —dice tío Budrick mientras mira la estatua, sorprendido—. ¡Pero si era muy joven! Tenía solo... Hum...»

¡Vaya, matemáticas rápidas! ¿Quién es el chico listo?

«Y tener cincuenta y siete NO ES ser joven —dice el chico—. Recuerde, buen hombre, que estamos en el siglo XIV.»

Nunca me habían saludado diciendo «salve», pero supongo que de no haberle contestado habría quedado mal.

«Yo soy Max, y este es mi tío Budrick», le digo.

Kevyn nos agarra la mano y nos sacude hasta casi sacarnos de los zapatos. «¡Encantado! —dice sin cesar—. ¡Es un gusto! ¡Un placer!»

«¿Os han robado? ¡Qué ruines! Entonces, ¿no tenéis ni dinero ni aposentos?»

De pronto, Kevyn se ha puesto muy serio.

«Seguidme», susurra.

Y sin decir nada más, avanza corriendo por una calle cercana. Nosotros lo seguimos por un laberinto de callejuelas llenas de gente. Tal vez sean imaginaciones mías, pero...

Nos metemos por la puertecilla de una modesta casa de madera. Una vez estamos dentro los tres, Kevyn suelta un resoplido de fuelle de herrero.

«¡Bien hecho! ¡Aquí estaremos seguros!»

No tengo la certeza de a QUÉ seguridad se refiere, pero soltamos nuestras bolsas, y los hombros nos lo agradecen, y nos sentamos.

«"Calamitoso" quiere decir "malo", ¿verdad?», pregunta tío Budrick.

«Sí —contesta Kevyn—. Si te llega a oír la guardia real cuando decías que no tenías casa ni dinero...»

Espera, ESPERA... ¿Cómo? Resulta que primero uno te roba el carromato, ¿y luego te meten en la CÁRCEL? Eso no tiene sentido... Es... Es...

«¡Es un escándalo! —exclama tío Budrick—. ¡Esta NO es la Byjovia que yo recordaba!»

«Mis padres estarían de acuerdo», afirma Kevyn.

Tío Budrick pega un brinco, como si le ardieran las calzas.

«¡Pero si a Gastley lo expulsaron del reino! ¿Cómo es posible que ese canalla haya tomado el poder?»

«Si me lo permitís, os enseñaré algo», dice Kevyn.

Se desliza a la habitación de al lado y vuelve con un largo pergamino enrollado bajo el brazo.

ESTO RESPONDERÁ A VUESTRA PREGUNTA.

El romance de Byjovia

por Kevyn

Bello reino de Byjovia,
centro de prosperidad:
ante el rey Conrad el Majo
vienen todos a danzar.

Noticias de gran peligro
a oídos del rey llega
que por fuera de esta muralla
una bestia merodea.

Dicen unos que es un lobo
de colmillos muy afilados.
Otros piensan que es dragón,
pues las cosechas ha quemado.

Los ciudadanos con miedo
demandan al rey defensa,
y así el buen Conrad partió
como el león tras la presa.

Pasó un día, y dos, y tres.
Rey majete, ¿volverás?
Pasaron también los meses,
pronto hizo un año ya.

Ya salen los caballeros,
a su rey buscando van.
Miran arriba y abajo.
Algo encuentran al final.

El escudo estropeado
y la armadura abollada
descubren entre la tierra
junto a su corona ajada.

Los caballeros devuelven
de Conrad las tristes prendas.
Y así, en plena tragedia,
otro rey presto gobierna.

Gastley el malvado ha vuelto
y se impone con la espada:
«Sí, de Conrad quiero el trono,
y además toda la plaza.»

El reino que antes regía
una mente tan preclara
ha caído en la pendiente
de negra desconfianza.

Pero no te desanimes
ni tampoco temas nada,
porque tras las tristes noches
llegan las frescas mañanas.

Un rey malo durar no debe,
lo de Gastley se acabará,
y a Byjovia volver podrán
la justicia y la paz.

«¿Qué es ese ruido?», se pregunta tío Budrick.

Desde la ventana vemos una columna de soldados muy serios que marchan calle arriba.

«¡Vaya grupo, qué salaos!», digo yo.

«Son la famosa guardia real —susurra Kevyn—. Acompañan al rey Gastley vaya a donde vaya.»

«Bueno, si eso es cierto», digo yo...

... ¡GASTLEY ESTARÁ EN ESE **CARRO**!

«Me parece que se llama coche, en realidad —me corrige Kevyn con suavidad—. Y tienes razón, Max, el rey va ahí dentro.»

Pero no por mucho tiempo: el carro... el coche, quiero decir, se detiene de pronto, y la puerta se abre.

¡SALUDAD **TODOS** AL REY GASTLEY!

¡NEEEEEEEEE!

CLAP CLAP CLAP CLAP CLAP CLAP CLAP CLAP CLAP CLAP CLAP

«¿Por qué saluda la gente? —pregunta tío Budrick—. ¿No saben que Gastley es un LADRÓN?»

«TIENEN que saludarlo si no quieren que los encarcelen —contesta Kevyn—. Pero lamento deciros que esto no acaba aquí.»

«Sí, me pareció notar precisamente eso cuando caminábamos por las calles», dice tío Budrick.

Ahí fuera, en la calle, el rey Gastley se encamina hacia una esquina. Algo le ha llamado la atención.

La multitud se hace a un lado, y puedo ver con claridad a quién se dirige. Son dos chavales. Sus ropas están sucias y rotas, y van descalzos. Siento una sacudida nerviosa en el estómago. Esos dos tienen un problema.

«L... Los hemos dejado en casa —dice la niña con voz temblorosa—. Su majestad.»

«Ah, SÍ, ¿verdad? —responde Gastley, con voz fría y burlona—. ¿Y dónde está esa casa vuestra?»

«Está... Está... —balbucea ella— cerca de... Mmm...»

«¡No tenemos casa!», dice por fin el niño, desafiante.

«Ah, vaya —dice Gastley con expresión malvada—. En otras palabras...»

Me lo estoy viendo venir. Los esbirros de Gastley están a punto de agarrar a esos chavales y llevárselos a los calabozos reales. ¿Y hay alguien dispuesto a ayudarlos? No. Como un rebaño de ovejas, la gente permanece quieta y se limita a mirar.

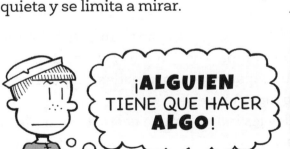

Con el impulso, cuando me he encontrado tan cerca del rey todavía estaba pensando si saltaba o no, y media docena de guardias me apuntaban con sus espadas desenvainadas, dispuestos a convertirme en un pincho gigante.

Pero no lo hacen. Gastley les indica con un gesto de la muñeca que se aparten y luego se acerca a mí como un zorro hambriento ante un polluelo.

«¡Vaya, VAYA! Este es mi día de suerte. ¡Aquí tenemos a otro zarrapastroso!»

... PERO A DIFERENCIA DE LOS **OTROS** DOS, ¡TÚ POR LO MENOS LLEVAS **ZAPATOS**!

¡TAP TAP!

... ¡Y **SOMBRERO**!

POR CIERTO, EN BYJOVIA, CUANDO HABLAS CON EL **REY** ¡TIENES QUE **QUITARTE** EL SOMBRERO!

¡NO HACERLO ASÍ SE CASTIGA CON LA **MUERTE**!

Gastley se me acerca y me echa todo el aliento a la nariz.

«¿Entiendes lo que te digo? —susurra—. Quítate el sombrero, chico. Quítatelo, o te arranco la CABEZA.»

«¡No me llame "chico"!», le digo.

«Ah, ¿no? —masculla—. ¿Y por qué no?»
«Pues porque...

Se produce un silencio sepulcral. La multitud —desde Kevyn hasta Gastley y todos los demás— parece de lo más sorprendida. Pero ¿qué le pasa a esta gente?

El primero en hablar es el rey:

«Chico o chica, no hay diferencia —me suelta—. La vagancia es la misma.»

PRENDE A ESTA Y LLÉVATELA AL CALABOZO CON LOS OTROS DOS.

«Eeeh... majestad —balbucea un soldado—. Los otros dos se han fugado.»

El rostro de Gastley se enciende y adquiere un tono violáceo.

«Pues entonces ¡CORRED TRAS ELLOS, mentecatos!», grita.

Y A ESTA YA ME ENCARGO YO DE **METERLA** EN...

¡ESPERE!

¡ESPERE, LE DIGO!

Ahora quien se sorprende soy yo. Recordad que tío Budrick es lo más gallina del mundo. Pero ahí lo tenéis, plantándose ante el rey frente a medio Byjovia.

¡POR FAVOR!

¡TENED **PIEDAD**!

Sí, bueno, dejemos eso de plantarse. De hecho, está arrodillado, lo que no es tan brillante. Pero veamos adónde nos lleva esto.

«L... La chica no es ningún vagabundo, alteza —dice tío Budrick—. Va CONMIGO.»

«¿Y TÚ quién eres?», pregunta Gastley con la boca contraída en una mueca de disgusto.

«Y... Yo no soy más que un animador, magnificencia.»

QUE QUEDE CLARO QUE ESO DE «MAGNIFICENCIA» AQUÍ NO TOCA.

ME LO APUNTO.

¿UN **ANIMADOR**?

¡QUÉ FELIZ COINCIDENCIA!

«Resulta que en este preciso momento necesito uno.»

«Tal vez no me hayas comprendido, labriego», insiste Gastley.

El rey suelta una risita.

«Llevadlo al castillo —ordena a la guardia—. Comprobaremos lo divertido que es.»

Dicho esto, Gastley vuelve a subirse a su carroza y se va. Lo mejor del caso es que se ha olvidado por completo de mí. Lo peor es que...

¡SE LLEVAN A MI **TÍO**!

¡GASTLEY VA A CONVERTIRLO EN UN **PAYASO**!

¡VOY **TRAS** ELLOS!

¡MAX, NO, **CONTRÓLATE**!

«No puedes arriesgarte con un rescate a solas —me advierte Kevyn—. ¡Gastley tiene todo un EJÉRCITO a su disposición!»

¡Y TÚ **NO ERES** MÁS QUE **UN CHICO**!

UNA **CHICA**, QUIERO DECIR.

PERDONA, MAX, ES QUE... ES QUE...

«... Es que todo este tiempo pensabas que era un chico, ¿no es eso?», pregunto.

«Bueno, sí», admite.

«No pasa nada, Kevyn. Estoy acostumbrada —le explico—. A mucha gente le sorprende descubrir que soy una chica.»

«La verdad, estaba más sorprendido por cómo le hablabas al rey Gastley —me dice Kevyn—. NADIE se enfrenta a él de esta manera.»

«¡No puedes insultar al rey en público! —me susurra, nervioso—. ¡Los espías de Gastley están por TODAS PARTES!»

«Bueno —respondo, bajando la voz—, ¿y qué se supone que tengo que hacer? ¿Cruzarme de brazos?

«Tal vez no —responde Kevyn—. Como bufón real, su misión es mantener distraído al rey, ¿verdad?»

DE MODO QUE SI ES UN BUEN ANIMADOR, NO TIENE NADA QUE TEMER.

De acuerdo, pero ¿y si no es un buen animador? Quiero mucho a tío Budrick, pero no lo pondría en el museo de los mejores trovadores del mundo. (Sí, ese lugar existe, y la tienda de regalos es lo peor que imaginarse pueda.) El problema es que tío Budrick no será el bufón de Gastley por mucho tiempo. Una vez que haya interpretado su lista de canciones y contado sus manidos chistes...

... TENDRÁ UN PROBLEMA.

¡KEVYN, TENEMOS QUE **AYUDAR** A MI TÍO!

«Tienes mucha razón —afirma Kevyn, siempre en susurros—. Pero es peligroso hablar de esto en público.»

VEN, IREMOS AL ESTABLO.

«¿Por qué al establo?»

«Porque es donde trabaja mi padre —contesta Kevyn—. Es mozo de espuelas.»

Kevyn no parece demasiado contento con esa perspectiva, pero antes de que pueda hacerle más preguntas ya hemos llegado. Abrimos la gran puerta y pasamos al interior, dejando atrás la calle llena de gente.

«No exactamente —dice Kevyn—. He traído a alguien que me gustaría que conocieras. Padre, te presento a Max.»

El padre de Kevyn tiene una cara muy simpática, una barba espesa y —ahora que me doy cuenta— una pieza de madera donde debería tener una pierna. Me sonríe y me da la mano.

«Encantado de conocerte, Max. Yo me llamo Nolan.»

Le explicamos rápidamente lo que le ha pasado a tío Budrick y la sonrisa de Nolan desaparece.

«Así que será el bufón de Gastley... No es un trabajo muy recomendable, en mi opinión.»

¡MAX, **TÚ** TAMBIÉN TIENES QUE **ESCONDERTE**!

LOS ESBIRROS DE GASTLEY TE **RECONOCERÁN**.

¡DE ACUERDO!

¡PAM! ¡PAM!

¡VAMOS, ABRID!

BUENOS DÍAS, SEÑORES.

DÉJANOS ENTRAR, MOZO.

BUSCAMOS A UN PAR DE RATAS CALLEJERAS.

«Les aseguro que aquí no hay gentes de esa clase. Pero si quieren buscar, pueden hacerlo...»

¡SIEMPRE QUE ASUMAN EL **RIESGO**, CLARO!

HUM... ¿A QUÉ SE REFIERE, CON ESO DE «EL RIESGO»?

«Uno de mis caballos tiene fiebre del espolón —les informa Nolan—. Si pasan al establo, corren el peligro de contagiarse.»

PERO NO SE PREOCUPEN, ¡NO **TODO EL MUNDO** MUERE SI LA PILLA!

¿MUERE?

CON ALGO DE SUERTE, SOLO LES SALDRÁN PÚSTULAS REZUMANTES POR TODO EL...

¡YAAAAAH!

Espero hasta que el sonido de las botas de los soldados se convierte en silencio. Luego salgo de mi escondite.

¡QUÉ BIEN LO HA **HECHO**!

PERO, PADRE, ¿Y SI DE **VERDAD** NOS DA LA FIEBRE DEL ESPOLÓN?

NO HAY CUIDADO, HIJO.

ESO DE LA FIEBRE DEL ESPOLÓN NO EXISTE.

¡GUIÑO!

¡PARDIEZ! ¡LOS HAS **ENGATUSADO**!

¡... Y **NOS** HA SALVADO!

¡OYE...!

¡PERO SI SOIS LOS CHAVALES QUE VI EN LA CALLE!

¡Y **TÚ ERES** EL CHICO QUE SE ENFRENTÓ AL **REY**!

«¿Podemos quedarnos aquí y descansar un poco?», pregunta Millie.

«¿No sería peligroso?», pregunta Millie, pálida.

QUIZÁ LO SEA, ¡PERO DEBEMOS **INTENTARLO**!

¡YO DIGO QUE LO **ASALTEMOS** COMO LOS CABALLEROS DE ANTES!

Nolan suelta una risita.

«Ya veo que eres una mujer de acción, Max. Pero el castillo es una fortaleza. Lo rodea un foso, y la puerta está muy bien defendida. No puedes entrar por la fuerza.»

«Fantasear está bien —suspira Kevyn—, pero esta es la otra cara...»

... LA OTRA CARA DE LA MONEDA.

¿MONEDA?

SÍ, TIENES QUE SER UN **MAGO** PARA METERTE AHÍ.

¡MAGO!

¡MONEDA!

MONEDA MONEDA MONEDA MONEDA MONEDA MONEDA ¡MONEDA!

Parece una pieza de cobre de lo más normal.

«Eh... Sí, es una moneda, sí», confirmo.

«¡No es una moneda cualquiera!»

ES UNA MONEDA **ENCANTADA**. ¡ME LA DIO NADA MENOS QUE MUMBLÍN EL MAGO!

«¡Mumblín! —exclama Millie—. ¡El gran hechicero del rey Conrad! ¡Era muy FAMOSO!»

«¿Y no sería porque lo veían ridículo?»

¡JA! ¡KEVYN HA DICHO «CULO»!

¡SE DECÍA QUE ERA EL MAGO **MÁS INEPTO**!

¿ES CIERTO QUE UNA VEZ CONVIRTIÓ LA CORONA DEL REY EN **CECINA DE VACA**?

«Vino al establo hace muchos años», empezó a explicar Nolan…

SI ALGUNA VEZ NECESITAS AYUDA, ¡APRIÉTALA FUERTE!

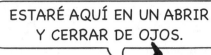

ESTARÉ AQUÍ EN UN ABRIR Y CERRAR DE OJOS.

«Y diciendo esto, se fue —concluye Nolan—. Yo guardé la moneda y olvidé todo el asunto...»

¡HASTA **HOY**!

¡**CÁSPITA**! Y ENTONCES, ¿ESA MONEDA PUEDE TRANSPORTAR A MUMBLÍN HASTA AQUÍ?

SOLO HAY UN MODO DE SABERLO. ¿PROBAMOS, MAX?

¡PROBEMOS!

BIEN, ENTONCES...

✳¡EJEM!✳ ¡NECESITAMOS AYUDA!

MUMBLÍN, ¡VEN AQUÍ!

Nada.

«No lo entiendo —dice Nolan—. Hago lo que Mumblín me indicó.»

«Espera, espera. Solo haces la MITAD —digo muy nervioso—. Recuerda sus palabras exactas: "Apriétala fuerte..."»

¡«Y ESTARÉ ALLÍ EN UN **ABRIR Y CERRAR DE OJOS**»!

¡CIERRA LOS OJOS, SIN DECIR **NADA**!

¡CIERRA!

¡AU!

¡PADRE! ¿QUÉ TIENES?

LA MONEDA DE PRONTO SE HA CALENTADO. ¡NO PODÍA SOSTENERLA!

Debe de ser cierto. A medida que se detiene en la tierra del establo, la moneda brilla y brilla más, como una brasa ardiente, y se diría que el aire a su alrededor vibra con diminutas esquirlas de luz vacilante. ¿Qué estará pasando?

... ¡Me parece que vamos a ver algo impresionante!

Oigo un sordo murmullo, como el zumbido de algún panal oculto. Se hace más y más fuerte, hasta que la tierra parece vibrar bajo nuestros pies. Y entonces...

«¿Me están diciendo —suelta Nolan con la moneda en la mano y la expresión torcida— que esta no es única?»

«Estoy aquí y estoy mojado», refunfuña Mumblín.

«Cuando dices que estás un poco oxidado —pregunta Kevyn— ¿a qué te refieres, exactamente?»

«Me refiero a que mi carrera se ha acabado —explica Mumblín—. Cuando desapareció el rey Conrad yo me retiré del mundo de la magia. Me mudé a la residencia Bellasombra para Hechiceros Jubilados.»

¡YA CASI NUNCA HAGO MAGIA!

PREFIERO DAR DE COMER A LAS PALOMAS Y JUGAR A SHUFFLEBOARD.

¿QUÉ ES ESO DEL SHUFFLEBOARD?

¡EPA! ¿HAS DICHO **JUBILADOS**?

«¡NO PUEDES estar jubilado! —protesto—. ¡Necesitamos tu ayuda!»

MI TÍO ES UN INOCENTE **PRISIONERO** EN EL PALACIO REAL.

Y AHÍ ENTRAS **TÚ**.

SÍ, TÚ MÉTENOS EN EL CASTILLO DE GASTLEY...

... ¡Y YO **LO TRAERÉ** DE VUELTA!

¡CARAMBA!

Mumblín se ha llevado una sorpresa al ver la daga brillante en mi mano.

La toma de mi mano y la inspecciona, pasando el dedo sobre unas muescas de la empuñadura.

«¿De dónde has sacado esto, chico?»

«No soy un chico», digo por quinta vez en lo que va de día.

Veamos... Que si es posible, ¿QUÉ? No sé lo que está ocurriendo, pero Mumblín ha olvidado todo lo referente a la daga; en cambio, está de lo más concentrado en mí. Me mira como si tuviera dos cabezas.

«Y dígame, señorita», dice tras una larga pausa.

El viejo mago parece perdido en sus pensamientos. Finalmente, sacude la cabeza, como si despertara de un sueño profundo.

«He tomado una decisión», anuncia.

«¿Podrías encontrarme algo de comer, Max? —pregunta—. No
he comido gran cosa en Bellasombra esta mañana.»

«Tenemos que evitar a cualquier guardia de Gastley que esté merodeando por ahí», nos recuerda Kevyn.

«Al principio no iba a ayudarnos, y ahora sí —continúo diciendo—. ¿Qué ha cambiado?»

«Tengo mis razones, Max —responde él, tirándose de la barba—. Y te prometo que las compartiré contigo cuando sea el momento.»

Salimos a la calle. Nolan y Mumblín van delante y nosotros los seguimos a corta distancia.

ESTÁS SIEMPRE OCUPÁNDOTE DE LOS **CABALLOS**.

✳SUSPIRO✳ SÍ...

TENGO SUERTE.

«Tienes suerte», le dice Simon a Kevyn.

«Pero tú no quieres ser mozo, ¿verdad?», le pregunto.

«No importa lo que yo quiera, Max», me responde con voz inexpresiva.

EN BYJOVIA, UN HIJO TIENE QUE APRENDER EL OFICIO DEL PADRE.

UN HIJO NO PUEDE DEDICARSE A LO QUE **QUERRÍA** HACER.

«Pero si te dejaran hacer lo que quisieras», le dice Millie...

¿QUÉ TE GUSTARÍA HACER?

«Bueno», susurra con expresión iluminada...

«Como el que me enseñaste en tu casa», le recuerdo.

«Sí —me contesta—, pero ese era un rollo de pergamino. Los libros se hacen con hojas de papel.»

«¡Vaya! —dice Simon, maravillado—. Eso de los libros suena... FANTÁSTICO.»

«Así es. —Kevyn suspira—. Pero no tiene sentido hablar de esto ni un momento más.»

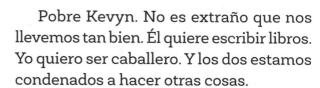

YO TENGO QUE SER MOZO DE CUADRA...

... Y ESO ES TODO, PUNTO FINAL.

Pobre Kevyn. No es extraño que nos llevemos tan bien. Él quiere escribir libros. Yo quiero ser caballero. Y los dos estamos condenados a hacer otras cosas.

Llegamos a la casa, y Nolan nos hace pasar. Cuando pasamos por el umbral, no puedo evitar acordarme de tío Budrick. Hace unas horas estábamos en este mismo lugar.

Y AHORA... ¿QUIÉN **SABE** DÓNDE ESTARÁ?

¡QUERIDO ESPOSO!

Una mujer de aspecto alegre y sonrisa luminosa le da un abrazo a Nolan.

ESA ES MI MAMÁ.

ESO ESTABA PENSANDO.

«Tenemos invitados, querida —dice Nolan—. Oídme todos: esta es mi mujer, Alice.»

«¿Y qué otra cosa podías ser?», dice Alice, sonriente.

«Bueno, mucha gente cree que soy un chico —le explico—. En alguna ocasión he intentado vestirme más como una chica, pero se hace difícil correr o montar a caballo cuando llevas falda.»

«No puedo estar más de acuerdo, Max —dice ella con una carcajada—. Y creo que esta ropa te sienta la mar de bien.»

Esta mujer me gusta, sí.

Los cuatro nos ponemos alrededor del fuego, donde Mumblín se ha puesto a... Bueno, a roncar como un trol resfriado.

«¿Qué? ¿Cómo? ¿Castillo? ¡Sí! —balbucea Mumblín al despertar de su coma en miniatura—. Precisamente le estaba dando vueltas al asunto.»

«¿Y?», preguntamos todos a la vez.

«Nuestra estrategia dependerá de cómo Gastley defienda la puerta delantera», dice Mumblín.

PUEDE HABER GUARDAS ARMADOS...

... O FEROCES PERROS DE PRESA...

«... ¡o incluso alguna variedad de bestia exótica!»

... COMO UN GOBELINO, UN LICÁNTROPO, UN GRIFÓN, UN DRAGÓN, UN LABRADOODLE...

¿LABRA-DOODLE?

¡VENGA, A CENAAR!

Salimos disparados hacia la mesa. Una hora más tarde, tras la mejor comida que he probado nunca, estoy dispuesta a luchar contra todo lo que Gastley nos eche encima. Incluso si son labradoodles.

KEVYN, ¿NOS ENSEÑAS A SIMON Y A MÍ LA HISTORIA QUE ESCRIBISTE?

¿«EL ROMANCE DE BYJOVIA?» ¡PUES CLARO!

ENTRETANTO, ¡**LIMPIARÉ** ESTOS PLATOS CON **MAGIA**!

¡ESTUPENDO!

¡CRASH!

EEEPA.

Alice y yo nos sentamos junto al fuego.

«Gracias por explayarte un poco durante la cena, Max —me dice—. Aprender el oficio de trovador es una manera poco común de crecer.»

SÍ, POCO COMÚN, ES CIERTO.

PERO YO NO QUIERO SER TROVADORA.

AH, ¿NO? ¿TE GUSTARÍA TENER **OTRO** OFICIO?

«No si eso implica abandonar a tío Budrick a su suerte —respondo con rapidez—. Pero una vez que lo hayamos librado del cabeza de chorlito de Gastley...»

La sonrisa de Alice vacila un momento, incluso llega a parecer que se entristece.

«Creo que esa es una idea maravillosa —dice—. Pero hay una cosa que tengo que decirte, Max.»

«ESPERA, espera... ¡A ver! —protesto—. ¿Acaso las chicas no aprenden oficios como los CHICOS?»

«Sí, pero no los MISMOS oficios —replica Alice—. Las chicas suelen hacerse costureras, o comadronas, o lecheras o...»

«¡NO QUIERO ninguno de esos oficios!», insisto.

¡QUIERO TENER **AVENTURAS**!
¿COMO RESCATAR A TU TÍO?

«Pues... Sí —contesto—. Pero eso no lo hago por la aventura. Eso lo hago para que esté a salvo.»

«Lo sé, Max», dice Alice con suavidad.

PERO ¿A **TI** QUIÉN TE SALVARÁ?
¡EJEM!

¡EN LOS **NÚMEROS** ESTÁ LA SALVACIÓN!

«Iremos contigo», anuncia Simon.

¿Cómo? ¡Vaya, esto no me lo esperaba! Sabía que Kevyn iba a acompañarme, pero nunca habría pensado que Simon y Millie se ofrecerían también.

¡Si ni siquiera CONOCÍAN a tío Budrick!

«De no ser por ti, Max, ahora mismo tanto Simon como yo estaríamos encerrados en el calabozo real», me dice Millie.

«Y, además —añade Kevyn—, todo el mundo sabe que los caballeros son más efectivos cuando trabajan en EQUIPO.»

«No estamos fingiendo —observo yo—. Vamos a entrar de VERDAD en el castillo.»

«¡Ya lo tengo! —grita Kevyn—. ¡El nombre perfecto!»

6

«¡Los centauros! —repite Simon, con ojos brillantes—. ¡Me gusta!»

¡HACE QUE SONEMOS TAN **OFICIALES**!

¡EXACTO! Y AHORA QUE **SONAMOS** COMO CABALLEROS...

... ¡VAMOS A **ACTUAR** COMO ELLOS!

«Mucha suerte... ¡y tened cuidado!», susurra Alice.

Está preocupada, y es normal. Pero todo irá bien. Espero.

Avanzamos por las calles en fila india. Todo está muy oscuro y en el aire se percibe el olor a.. a...

El castillo se levanta ante nosotros como una montaña enorme. Nolan escudriña a través de la oscuridad, hacia la puerta frontal, e intenta ver qué nos espera allí.

«Algo acaba de moverse», murmura Nolan.

«Ejem... ¿Y cómo puede ser que las gárgolas se muevan?», pregunta Kevyn.

NO SON MÁS QUE **ESTATUAS**, ¿NO ES ASÍ?

ASÍ ES.

¡PERO **ESTAS** GÁRGOLAS HAN **COBRADO VIDA**!

La palabras de Mumblín hacen que un escalofrío me recorra la espalda. Han cobrado vida. No parece demasiado divertido, eso de encontrarme con un trozo de piedra que se mueve, que respira y que tal vez devore a chicas. Pero, bueno, pensemos en positivo.

TAL VEZ SE TRATE DE GÁRGOLAS **AMISTOSAS**.

«Tenemos que acercarnos más», susurra Simon.

Avanzamos hasta que podemos verlas: dos enormes figuras agazapadas junto a la entrada del castillo. Los rostros son como máscaras espeluznantes, y los brazos y piernas son gruesos como troncos.

PERDONA, PERO CREO QUE VOY A TENER UN ATAQUE DE PÁNICO.

¡KEVYN, **TRANQUILO**!

MUMBLÍN TIENE UN PLAN, ¿VERDAD, MUMBLÍN?

¿**VERDAD**, MUMBLÍN?

ESTOY PENSANDO, ESTOY PENSANDO.

Bueno, eso no es de mucha ayuda. Tanto pensar, mientras la cabeza de mi tío puede acabar en la vitrina de trofeos de Gastley. No puedo esperar a que un mago de tres al cuarto tenga un momento de iluminación. Tengo que hacer algo.

¡HACEOS A UN LADO, CHICOS, QUE VOY!

¡MAX, NO! ¡DEJA QUE MUMBLÍN SE ENCARGUE!

¡PUEDE HACER QUE LAS GÁRGOLAS VUELVAN A SER **ESTATUAS**!

¿PUEDO?

¡SÍ QUE PUEDO!

Nos arrastramos hacia la puerta, ocultos entre las sombras de los edificios que bordean la calle. Ya percibimos las grandes cabezas de las gárgolas que se vuelven lentamente mientras husmean en el aire de la noche. Pero no nos han visto...

Suena impresionante, pero el rayo de luz de la varita de Mumblín se desvía un poco y rebota en una roca junto a la puerta del castillo y...

¡KA-WANG!

¡FZZZT!

PELLIZCADME. NO PUEDE SER CIERTO.

¡PARDIEZ! ¡SE HA **PETRIFICADO**!

TOC TOC

Fantástico. Aquí estamos, intentando penetrar en el castillo impenetrable, y nuestra arma secreta acaba de convertirse en un enanito de jardín gigante.

¿QUÉ MÁS PUEDE SALIR MAL?

BUENO...

LAS GÁRGOLAS PODRÍAN VENIR HACIA AQUÍ.

¡¡ROARRR!!

A MÍ SE ME COMERÁN PRIMERO: SOY EL MÁS CARNOSO.

⁂¡UUF!⁂ ¡NO CREO QUE PUEDA CORRER MÁS QUE ELLOS!

¡POR ESO NO TE **PREOCUPES**!

¡TÚ LLÉVATE A MUMBLÍN A CASA, QUE YA **NOS** OCUPAMOS DE LAS GÁRGOLAS!

¿NOS OCUPA-MOS?

SÍ.

Fijaos que en ningún momento he dicho CÓMO. La verdad, no tengo ni idea... Pero si los centauros van a salvar a tío Budrick, algo tendrá que ocurrírseme.

«Tenemos que pensar como caballeros», digo mientras Grandullón y Feote se abalanzan sobre nosotros.

«Tienes razón —contesto—. No disponemos de nada de todo eso.»

Corremos hacia unos barriles vacíos.

«¡Meteos dentro!», les grito.

Lamento ser tan brusca, pero cuando un par de gárgolas te van a convertir en aperitivo una puede permitirse estos desmanes.

Tal vez no sea la mejor idea que he tenido, pero ya no hay vuelta atrás. Las vueltas, siempre para abajo, cuando vas en un barril. Todo lo que podemos hacer es cerrar los ojos y esperar que el impacto sea certero.

¡MADRE MÍA!

¡HEMOS DADO EN EL BLANCO!

RÁPIDO, SIMON, AGARRA TU BARRIL...

... ¡Y HAZ LO MISMO QUE **YO**!

¡WONK!

Sí, sí, ya sé que un viejo barril es poca cosa para una gárgola. Pero no necesitamos que duren para siempre.

SOLAMENTE PARA LLEVARLOS DE **AQUÍ**...

PINCHA PINCHA

¡Repámpanos! Así que este es el castillo real. Pensaba que sería espacioso, sí. Pero resulta que es espantosamente enorme.

Imposible esconderse en este pasillo. Nos metemos por la primera puerta y de pronto nos encontramos en un comedor GIGANTESCO.

Kevyn y Simon se esconden tras un tapiz de la pared. Millie y yo nos ponemos debajo de la mesa. Un momento después, dos de los guardias de Gastley entran en la sala.

«Se supone que vamos a dar el parte a la sala del trono —dice uno de ellos—. ¿Por qué nos detenemos aquí?»

«Pues porque tengo HAMBRE, pedazo de idiota», responde el otro.

El primer soldado se va. Ahora, el único ruido en la habitación es el que hace el segundo al meterse en la boca todo lo que pilla sobre la mesa. Tal vez tengamos suerte y se le atraviese un hueso de pollo.

Pero entonces... El DESASTRE.

Eso no va a ser así si puedo impedirlo. Voy a sorprender a ese guardia y con mi daga le...

Max, eres BURRA. ¿Qué clase de caballero sale en peligrosa misión y se olvida de llevar un arma? Me levanto y echo un vistazo a la mesa. Tiene que haber algo que pueda usar. Un cuchillo. Un tenedor...

Hmmm... ¡Qué compromiso! Si le contesto, sabrá por mi voz que soy muy pequeñita. Pero no puedo quedarme sin decir nada. Inspiro hondo y procuro poner el tono lo más «machote» que puedo.

Habría reconocido esa voz en cualquier sitio. Un poco desafinada... Sí, vale, MUY desafinada... Pero ¡qué dulce me parece hoy!

¡SOLO **TÍO BUDRICK** PUEDE CANTAR TAN MAL!

VIENE DE AHÍ AL FONDO.

Avanzamos de puntillas hasta una puerta brillante y dorada. Está entreabierta. Empujamos un poco y nos deslizamos dentro.

Tenemos muy cerca a una pareja de guardias, pero no miran hacia nosotros, sino hacia la escena que tiene lugar en el centro de la estancia.

El corazón me da un vuelco. Así que en esto consiste hacer el bufón. El pobre tío Budrick parece exhausto. El traje de bufón está todo apolillado, y con el baile frenético que se marca frente a Gastley tropieza y está a punto de caer...

«¡Basta! —grita Gastley—. ¡Basta!»

Y EN LUGAR DE ESO, ¡ME SUELTAS UNA ESTÚPIDA CANCIÓN DE UN **CERDO** ASQUEROSO!

«Pen... Pensaba que su majestad la encontraría di... divertida», tartamudea tío Budrick.

«¿Divertida? ¡No! —dice Gastley en tono hiriente—. ¿ABURRIDA? ¡Síííí! ¿Sabes lo que pasa? Pues que no eres muy bueno en tu trabajo, so carcamal. Eso pasa.»

He sentido que las rodillas me fallaban, pero enseguida me he repuesto. No puedo desmayarme como una princesa que se encuentra una mosca en los cereales.

Tío Budrick me necesita. Nos necesita a todos.

Gastley no puede ocultar su sorpresa cuando me ve aparecer y resbalar sobre el piso de mármol hasta detenerme.

«¡Otra vez TÚ! —ruge—. ¿Qué ocurre ahora?»

Buena pregunta. La verdad es que voy improvisando todo el rato, pero no quiero confesarle algo así a su real bruteza.

«Eeeh... ¡Está cometiendo una injusticia con este hombre», suelto por fin.

Gastley mira a Kevyn con desprecio.

«He visto muchos malabares en mi vida», refunfuña.

«¡Como ESTOS no! —continúa diciendo Kevyn—. Somos famosos por la sorprendente variedad de cosas con las que jugamos. ¡Huevos! ¡Antorchas encendidas! ¡Mermelada de tomate!»

... Y LO MÁS SORPRENDENTE DE TODO: ¡**ESPADAS** AFILADÍSIMAS!

«¿Espadas?», repite Gastley.

Ahora sí que está intrigado. Se moja los labios con avidez.

«Me atrevería a decir que un número así entraña mucho... PELIGRO.»

¡TIENE **RAZÓN**. CUALQUIERA DE NOSOTROS PUEDE RESULTAR **MUERTO** EN CUALQUIER MOMENTO!

¡JA, JA! ¡ESO ESSS!

¡ES UN AUTÉNTICO **DESAFÍO MORTAL**!

❊ ¡EJEM! ❊ LÁSTIMA QUE NO TENGAMOS NUESTRAS ESPADAS...

¿**CÓMO?** ¡PERO YO **TENGO** QUE VER ESE NÚMERO!

LO SIENTO, GRAN PERSONAJE. NO ES POSIBLE.

¡**TONTERÍAS**! ¡**NO** ACEPTO UN NO POR RESPUESTA!

SOLDADOS, DADLES VUESTRAS ESPADAS.

PE... ERO ALTEZA, ¿DE VERDAD CREE QUE...?

¡AHORA MISMO, CRETINO!

Entonces ha sido cuando hemos comprendido que Gastley no solamente es malo, sino también estúpido. No podemos creer lo que ven nuestros ojos cuando todos esos matones nos entregan sus armas.

BIEN, PUES YA ESTÁ. AHORA... ¡DELEITADNOS CON VUESTROS JUEGOS MALABARES!

¿QUÉ JUEGOS MALABARES?

¡ZWIP!

El rostro de Gastley palidece cuando se da cuenta de lo que acababa de suceder.

«¡Me habéis ENGAÑADO!»

«Sí, lo siento —digo, con mi espada apuntada a su ombligo real—. Pero es justo, ¿no cree? Usted ha convertido a mi tío en un bufón...»

Corremos hacia la puerta. Percibo un brillo por encima del hombro y veo que Gastley se hace con un mazo gigantesco. Lo balancea para golpear un gong enorme, y el aire entra en vibración con ese sonido.

Posiblemente hemos olvidado que los tipos que nos han dado estas espadas no eran los únicos guardias de Gastley. El castillo está lleno de otros iguales. Y todos quieren pillarnos.

Atravesamos corriendo otra serie de puertas. Siento la frescura del viento en la cara, y al mirar hacia arriba veo la luna brillando en el cielo nocturno. Estamos en una especie de patio al aire libre, rodeado por altos muros de piedra...

Una decena de muchachotes de Gastley ya entran en el patio y bloquean la salida. No tiene buena pinta. Sí, todavía tenemos las espadas... Pero ellos también. Y a diferencia de nosotros, saben muy bien cómo usarlas.

¿Entendéis a lo que me refiero? Vaya, es que ¿quién me iba a decir a mí que es posible CORTAR UNA ESPADA POR LA MITAD? No tenemos ninguna posibilidad frente a estos tipos. Permaneced conectados para asistir a la batalla más corta de la historia.

Pero entonces lo oigo: dos ruidos muy definidos que se abren paso por el aire y hacen que el suelo vibre.

¿Qué ha sido eso? Todos nosotros —centauros y soldados a un tiempo— bajamos las espadas y escuchamos esos ruidos que se acercan. Buum. Clack. BUUM. CLACK. BUUM...

Una columna de madera gigantesca impacta contra el suelo a nuestro lado. Es como si un árbol enorme hubiera caído del cielo para aterrizar verticalmente en el patio. Pero no es ningún árbol.

Es una pata.

Hagamos memoria: hará cosa de una hora, el papá de Kevyn medía 180 centímetros, más o menos. Ahora es diez veces más alto. Cuando habla, su voz resuena como un trueno.

Con un solo movimiento, Nolan nos recoge a todos, nos levanta por encima de los tejados y nos suelta tras el ala de su sombrero, lo que a todos nos parece bien... Bueno, a todos, menos a tío Budrick.

Los hombres de Gastley intentan a la desesperada cortar la pata de Nolan con sus espadas, pero él se limita a desplazarla por el patio y eso basta para dispersarlos. Luego vuelve a retroceder con cuidado por encima del muro y se va alejando del castillo de puntillas, de manera que los ruidos de la pata y la pierna se alternan con menor estruendo. Buum. Clack. Buum. Clack.

Desde luego, el viajecito apenas dura nada. Pasados unos minutos, Nolan nos deposita en la calle de la casa de Kevyn. ¿Podéis adivinar quién está ahí para darnos la bienvenida?

¡MUMBLÍN!

¡LA ÚLTIMA VEZ QUE TE VIMOS ERAS UNA **ESTATUA**!

PUES SÍ QUE LO ERA, MAX.

PERO COMO MUCHOS MAGOS, TENGO UN **DISPOSITIVO DE SEGURIDAD**.

«EN CASO DE EMERGENCIA, APRIETE AQUÍ.»

«Nolan descubrió este botón mientras me llevaba a un lugar seguro —explica Mumblín—. ¡Y así se ha roto el hechizo petrificante!»

AH, HABLANDO DE HECHIZOS... ¡TENGO QUE DEVOLVERTE A TU **TAMAÑO**!

«Tus poderes están un poquito torcidos —le dice Simon a Mumblín—, pero aun así lo has conseguido. ¡Nos has salvado de Gastley!»

¡ARGH! ¡ES **GASTLEY**!

¡SU REAL
EXCRECENCIA!

¿QUÉ ES ESO
QUE SUJETA?

RECOMPENSA
*por la
captura de*

Este
hombre

¡UN **CARTEL** DE
«SE BUSCA»!
¡ERES **TÚ**,
TÍO BUDRICK!

¡NO FASTIDIES!
¡**NO** TENGO
LA NARIZ TAN
GRANDE!

«Pues va a colgar carteles por todo el reino —advierte Nolan—.
No habrá en Byjovia ningún lugar en el que esconderse.»

ENTONCES...
NOS
IREMOS DE
BYJOVIA.

✳ SUSPIRO ✳ TÍO
BUDRICK Y YO ESTAMOS
ACOSTUMBRADOS
A VIVIR EN LA
CARRETERA.

SÍ. VOLVEREMOS
AL CIRCUITO DE LOS
TROVADORES Y DEJAREMOS
ATRÁS TODA ESTA HISTORIA.

«Estoy de acuerdo en que tenéis que dejar Byjovia —dice Mumblín mientras se acaricia la barba—. Pero mucho me temo que no podréis dejar atrás esta historia.»

«¿Por qué no?», pregunto yo.

El viejo mago busca entre los pliegues de sus ropas y saca un libro viejo y gastado.

Siento como una sacudida. No sé de qué estará hablando Mumblín, pero seguro que es más divertido que ser aprendiza de trovador.

«¿Quieres decir que... predice el futuro?», pregunta Millie con emoción.

«Sí. Estas páginas han anunciado con precisión todos los sucesos importantes de la historia del reinado», precisa Mumblín.

«Pues bastante, Max», contesta Mumblín.

«No es que ponga tu nombre —precisa Mumblín—. Pero de la lectura cuidadosa del texto es lo que se deduce.»

«Pero ¿cómo puedes saber lo que pone aquí?», pregunta Kevyn mientras inspecciona las ajadas páginas.

«Repámpanos», murmura Kevyn.

«El *Libro de las Profecías* es una creación de antiguos brujos —sigue explicando Mumblín—. Durante generaciones, los magos reales de Byjovia lo custodiaron.»

Un hombre perverso nos querrá mandar
y en su testa ceñirá la corona.
Si del buen reino buenos súbditos somos,
tendremos que echarlo sin demora.

Un día el héroe surgirá,
será quien nos salve la vida.
Aunque su nombre parezca de chico,
¡que va!, buena moza es nuestra amiga.

Por cabellos tendrá una roja melena,
con ojos brillantes como jades.
Y en la mano pequeña pero recia
sostendrá ella las armas reales.

Partirá en muy gran periplo
y necesitará de grandísimo valor.
Tendrá que ayudarse del hombre y del niño
si quiere que triunfe el amor.

«¿Y tú crees que se refiere a MAX?», pregunta tío Budrick con escepticismo.

«Podría ser CUALQUIER chica —añado yo—. Además, yo no tengo eso de "armas reales".»

«Sí que las tienes —me contesta Mumblín—. Tu DAGA.»

«¡Pero eso es imposible! —protesto—. Se la quité a un BANDIDO que nos asaltó en el camino.»

«Pues él debió de encontrársela, o tal vez la robó, mucho antes de ese incidente. Pero eso no tiene importancia.»

LO QUE IMPORTA ES QUE AHORA LA TIENES **TÚ**.

¡**PARDIEZ**, MAX! ¿NO LO **VES**? ¡UNA CHICA CON NOMBRE DE CHICO! ¡CABELLO ROJIZO! ¡OJOS COMO JADES!

¡EL PASAJE QUE HA LEÍDO MUMBLÍN TE VIENE COMO ANILLO AL **DEDO**!

KEVYN TIENE RAZÓN. ¡NO HAY DUDA NINGUNA!

MAX, **TÚ** ERES LA HEROÍNA QUE SE DESCRIBE EN EL *LIBRO DE LAS PROFECÍAS*.

¡¡!!

La cabeza me da vueltas. El rescate de tío Budrick ya ha sido bastante complicado... ¿Y ahora un libro polvoriento dice que voy a derrocar a Gastley? Ya sé que no suena muy heroico, pero ¿CÓMO se hace eso?

«¿Qué se supone que debo hacer?», pregunto para salir de dudas.

«Hay algunos versos más que pueden resultar útiles», dice Mumblín, abriendo el libro otra vez.

Otros cuatro acompañarán
a nuestro héroe hasta su destino.
Cuando por fin salgan al amanecer...

... la espada indicará el camino.

«¿Has oído eso, Max? —salta Simon—. ¡Cuatro acompañantes!»

ESO SIGNIFICA QUE LOS **CENTURIONES** VAN **CONTIGO**.

¡PERO SI SOLO SOMOS **TRES**...!

BUDRICK SERÁ EL CUARTO... ¡POR SU PROPIA SEGURIDAD!

NO HAY QUE OLVIDAR QUE EL REY LO QUIERE **MUERTO**.

GRACIAS POR RECORDÁRMELO.

SI TENÉIS QUE PARTIR AL AMANECER, NO TENEMOS TIEMPO QUE PERDER.

Todos pasamos a la acción. Alice encuentra algunas ropas apropiadas para Simon y Millie. Nolan nos llena las alforjas de provisiones. Tío Budrick se quita el traje de bufón.

«¡Dejádmelo a mí! —dice Mumblín mientras describe florituras con su varita—. ¡Los disfraces son mi especialidad!»

La varita de Mumblín cae a los pies de Millie.

Millie es la más sorprendida de todos:

«No sé cómo he podido hacer eso», susurra.

«¡Yo te diré cómo lo has hecho!», grita Simon.

«Las personas descubren sus poderes en momentos diferentes —explica Mumblín—. Yo mismo me di cuenta de que no era normal del todo casi cuando NACÍ.»

Kevyn vigila desde la ventana. Al mirar más allá, percibo un brillo naranja que se abre paso en el cielo nocturno. Empieza a amanecer. Pero eso no es lo que mira.

Los guardias de Gastley van por la calle, buscan por los rincones y llaman a todas las puertas.

Casi lo había olvidado: mi tío es un ganso. Sí, es muy raro. Pero no hay tiempo para pensar en estas minucias. Debemos concentrarnos en salir volando de Byjovia. De otro modo, nos cortarán las alas.

«¡LA ESPADA INDICARÁ EL CAMINO!»

Desde la cocina pasamos al callejón oscuro.

«Dame tu daga, Max —dice Nolan antes de colocarla sobre los adoquines—. La HARÉ GIRAR, y sea cual sea la dirección que indique al parar...»

Todos atendemos al girar de la daga: primero muy rápido, y luego va frenando y frenando, hasta que al final se detiene.

«Eso es el norte —susurra Nolan—. Seguid el camino de carro que hay detrás del huerto. Por ahí iréis en la buena dirección.»

Intento ignorar el nudo que siento en el estómago. A ratos creo estar viviendo una locura. Se supone que los héroes empiezan sus aventuras entre banderas ondeantes y multitudes enfervorizadas...

... ¡NO SALIENDO DE LA CIUDAD COMO SI FUÉRAMOS **FUGITIVOS**!

¿MAX? TOMA ESTO.

¡UN **ANILLO**! ¿SIRVE PARA LO MISMO QUE LA MONEDA CITADORA?

DE HECHO, ES JUSTO PARA LO CONTRARIO.

EN LUGAR DE **HACERME** IR HASTA **TI**, ESTE ANILLO HARÁ QUE UNO DE **VOSOTROS** VAYA A DONDE YO **ESTÉ**.

SOLAMENTE FUNCIONARÁ EN UNA **OCASIÓN**, ASÍ QUE ÚSALO CON TINO.

GRACIAS, MUMBLÍN.

Y se acabó. Los cinco empezamos a caminar por la callejuela, y cuando vamos a doblar la esquina echo la vista atrás: Nolan, Alice y Mumblín ya han desaparecido entre las sombras.

No hay mucho que contar sobre la primera parte del viaje. Por las noches, dormimos en graneros o bien bajo los árboles. Por el día, caminamos. Y caminamos. Y caminamos un poco más.

«Dejémonos de leyendas desagradables», indico yo.

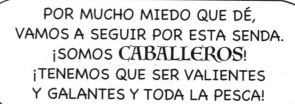

POR MUCHO MIEDO QUE DÉ,
VAMOS A SEGUIR POR ESTA SENDA.
¡SOMOS **CABALLEROS**!
¡TENEMOS QUE SER VALIENTES
Y GALANTES Y TODA LA PESCA!

Empezamos a caminar. Primero es un camino bastante normal, pero al cabo de un rato se hace irregular y sinuoso. Los arbustos y zarzas crecen junto al camino, y la espesura de los árboles parece ir en aumento, de manera que apenas llega la luz del sol. Empieza a hacer frío. MUCHO frío.

¡BRRR! ¡SE ME VAN LAS GANAS DE HACER EL GANSO!

PUES SI A TI SE TE VAN...

¡MIRAD! ¿QUÉ ES ESO?

«Yo diría que son lápidas —susurra Simon—. Pero no hay nada escrito en ellas.»

La tierra por entre las piedras empieza a moverse, y se agita hacia arriba, como si se hubiera iniciado un terremoto. Se oye un rugido ahogado, proveniente de debajo de la superficie. Y aparece una mano: una mano retorcida y nudosa, con la piel del color del agua pantanosa.

Y entonces la tierra se abre.

Sujeto la daga de Conrad. Simon también va armado, con un cuchillo que Nolan le dio cuando salimos de Byjovia. Pero no se puede decir que lo que llevamos sean espadas de verdad. Parecen más bien mondadientes.

Me gustaría que Mumblín estuviera aquí. Espera, espera... No, porque el viejo barbudo tal vez se convertiría en rosquilla, para disimular. Además, ya ni tiene varita. Le ha dado la que tenía a... a...

Ella se saca la varita del bolsillo, mientras el trío de cadáveres sigue corriendo hacia nosotros.

«¡Oye, que no me sé ningún hechizo!», grita.

«¡INVÉNTATELO!», grazna tío Budrick.

Una barra de luz blanca se levanta desde el extremo de la varita de Millie y se prolonga cielo arriba. Desde el suelo se diría que es la cola de un cometa. Pero ¿qué utilidad tendrá ESTO?

«¡Saludos, jóvenes viajeros!», nos dice una extraña voz. Al volvernos vemos una figura vestida con harapos que surge del bosque.

9

¡Guau! No me preguntéis de dónde ha salido este señor mayor, pero ha sido de lo más OPORTUNO. Los cadáveres estaban a unos pasos cuando ha cargado balanceando la espada sobre su cabeza como un loco.

¡REPÁMPANOS! ¡SON TRES CONTRA UNO!

¡NO POR MUCHO TIEMPO!

¡ENSEGUIDA SERÁN TRES CONTRA **DOS**!

¡TRES CONTRA **TRES**!

¡YO ME QUEDO AQUÍ Y... PROTEJO ESTA PIEDRA!

¡SAL DE AQUÍ, NIÑA! ¡ESTE NO ES TRABAJO PARA CRÍOS!

¡NO SOMOS CRÍOS!

¡SOMOS **CABALLEROS**!

Y la batalla prosigue. Bueno, eso de «batalla» tal vez no sea la palabra justa. Simon y yo intentamos básicamente que no nos maten. El extraño es quien hace la mayor parte del trabajo.

«¡Tenemos que empujar a estos monstruos para que vuelvan a su lugar bajo tierra!», grita por encima del entrechocar de las armas.

¡ESO SUENA MUY BIEN!

¿CÓMO?

¡LUZ DEL SOL! ¡ES SU PUNTO DÉBIL!

¡SEGUID MIS PASOS!

El hombre cimbrea el cuerpo y avanza sin parar, de modo que aleja de las lápidas a uno de los cadáveres. Con cada mandoble empuja a la criatura más y más cerca de un claro cercano, donde un rayo de sol se ha abierto paso a través de la espesura de copas y ramas.

Cuando esa cosa cae en la claridad suelta un grito tremendo. Se retuerce en el suelo como si estuviera quemándose, se agita y se abre camino para volver a la seguridad de las sombras. Luego, las tres criaturas retroceden apresuradamente hacia las tumbas abiertas.

¡Qué alivio! No es que no me lo pasara bien con esos tres amigue-tes, pero el hedor de la carne podrida ya empezaba a fastidiarme.

Kevyn se dirige al señor mayor, con la cara iluminada por la alegría:

«Le damos nuestras gracias más sinceras, señor mío, por venir a salvarnos.»

«Ha sido un placer», dice el extraño con una breve inclinación de cabeza.

El hombre va asintiendo, y finalmente su mirada se posa en mí. «Tú, Max», me dice.

«Yo antes servía al rey», dice con una sonrisa triste

«Eso fue hace muchos años», responde Gadabout.

«¿Qué hace un caballero en un sitio como este? —pregunta Millie con un estremecimiento—. No es demasiado... agradable.»

«Vivo aquí —contesta Gadabout, con gesto serio—. Pero no por elección. Como ha ocurrido en muchos casos, tomé este camino sin entender su maldición real.»

«¿Y c... cuál es su maldición real?», pregunta tío Budrick, tragando saliva.

«Es una prisión —dice con un suspiro—. Todos los que toman esta senda tienen que morir aquí. Por eso se llama la Senda de los Muertos.»

ESE NOMBRECITO YA ME ESTÁ CARGANDO.

PERO... ¿ACASO NO PODEMOS VOLVER POR EL CAMINO POR EL QUE VINIMOS?

«No —dice Gadabout—. El bosque está embrujado. El camino desaparece en el mismo momento en que lo recorres. No puedes volver sobre tus pasos.»

LO SIENTO, AMIGOS.

NO HAY ESCAPATORIA. VIVIRÉIS TODO EL RESTO DE VUESTRA VIDA EN ESTAS ESPESURAS ENCANTADAS.

«¿Encantadas, ha dicho? —pregunta Kevyn, tragando saliva—. ¿Encantadas por quién?»

«Por los muertos —contesta Gadabout—. Viven bajo tierra, tal como acabáis de ver.»

«¡Pero tiene que haber ALGUNA forma de salir de aquí!», protesto.

«Existe un pórtico —responde Gadabout, encogiéndose de hombros—. Pero no se puede pasar. Ha estado sellado durante siglos.»

Y así empezamos un largo trayecto y seguimos al viejo caballero por las espesuras del bosque. Ahora entiendo por qué decía que este lugar estaba encantado. A medida que caminamos, el camino se cierra tras nosotros: una oscura muralla de zarzas y enredaderas se lo traga.

Y así continuamos durante varias horas, hasta que...

«¡Tiene las mismas marcas en la empuñadura que mi DAGA!»

«Exactamente —me contesta, asintiendo con la cabeza—. Lo mismo que tu daga, esta espada perteneció al rey Conrad.»

«Cuando las espadas reales se tocan, según dicen, se libera una energía inmensa», explica Gadabout.

«¿Lo bastante inmensa como para que nos abramos camino fuera de este bosque?», pregunta Simon, mirando hacia la espesa barrera de árboles que bordean el sendero.

«No debemos usarlas de esa manera —responde Gadabout—. Las espadas están destinadas a un único propósito.»

> Cuando ese día desde su altivez
> el mal monarca el país devaste.
> Cuando devengan los hombres esclavos
> por la influencia de las malas artes.
> Cuando la muerte prepare su golpe
> y la esperanza parezca esfumarse.
> Entonces, y solamente entonces,
> las espadas de Conrad podrán cruzarse.

«¡Fascinante! —dice Kevyn—. ¡Bonito poema, además!»

«Háblenos más de la espada del rey, sir Gadabout —le ruega Millie cuando reemprendemos el camino—. ¿Cómo acabó en sus manos?»

«Eso es», confirma sir Gadabout.

ESTUVE CAMINANDO DÍAS Y DÍAS.

Y ENTONCES...

PERO...

¡NO ES POSIBLE!

¡AL LLEGAR A UN CLARO VI DELANTE DE MÍ, ALLÍ DE PIE, AL MISMÍSIMO REY CONRAD!

«¡Espere, espere! —lo interrumpo—. ¡Conrad está MUERTO!»

«Ten paciencia, Max —me dice Kevyn—. Ya verás, creo que esta historia va a tener un giro inesperado.»

«Pues sí —dice sir Gadabout—, tienes razón.»

CORRÍ A ABRAZAR AL REY, LLENO DE ALEGRÍA.

Y ENTONCES...

¡PUUF!

¡JA, JA! CON QUÉ **CARA** TE HAS QUEDADO.

¿QUIÉN ERES TÚ?

¡SOY FENDRA, LA HECHICERA DEL NORTE!

¿POR QUÉ TE HAS DISFRAZADO DE CONRAD?

✳RISITA✳ DIGAMOS QUE ES UN TRIBUTO PÓSTUMO.

SUPONGO QUE YA SABES QUE TU REY PRECIOSO ESTÁ **MUERTO**.

SÍ, LO HA MATADO ALGUNA BESTIA.

¿UNA BESTIA? JA JA JA JA JA JA JA

¡ESO ERA UN **TRUCO**! ¡UTILICÉ LA **MAGIA** PARA CREAR LA **ILUSIÓN** DE UNA BESTIA!

¡ATRAJE A CONRAD LEJOS DE BYJOVIA PARA QUE EL REY GASTLEY LO PUDIERA SUSTITUIR!

¡TODO LO QUE HA QUEDADO DE **TU** REY ES **ESTO**!

✳¡OH!✳ ¡LA **ESPADA** DE CONRAD!

¡NO TIENES DERECHO! ¡DAME ESO!

¡ARREBATA!

¿CÓMO TE **ATREVES**?

SACÓ SU VARITA Y ME APUNTÓ LANZANDO UN CONJURO MORTAL.

¡ZZZ...

ZZAP!

CONSEGUÍ DESVIARLO, PERO NO POR COMPLETO.

¡KWONG!

SE ME NUBLÓ LA VISTA.

CEGADO, BLANDÍ LA ESPADA Y CON UN FUERTE GOLPE APARTÉ LA VARITA DE SU MANO...

... Y LUEGO ME FUI, A TROMPICONES.

«Porque no VEÍA nada, ¿verdad?», pregunto.

«Nada de nada. El hechizo desapareció al cabo de unos días, pero para entonces ya era demasiado tarde. Me había internado en la Senda de los Muertos.»

«¡Es enorme!», digo, mirando las grandes puertas de madera.

«¿Quién construyó esto?», pregunta Simon.

«No lo sé —contesta sir Gadabout—. Los signos del arco no me son familiares. No puedo leerlos.»

  «Si la libertad deseas por encima de todo, una varita en tanto que llave es el modo.»

«De acuerdo —dice Millie, sacándose la varita de entre la ropa—. Me encantará darle una oportunidad.»

*EJEM * ABRACADABRA.

ÁBRETE SÉSAMO.

BIDI DI BADI DIBÚ.

¡NO SE MUEVE!

¡PERO **MIRA**!

EN LA PUERTA HAY UN **AGUJERO** MUY RARO.

«UNA VARITA EN TANTO QUE LLAVE ES EL MODO.» ES LA **LLAVE**, ¿ENTIENDES?

¡VENGA, MILLIE, METE LA VARITA EN ESA RANURA!

La varita se desliza en el agujero con un fuerte restallido, al que sigue un chirrido profundo y lastimero. Entonces...

Corremos a través de las puertas y dejamos atrás el oscuro bosque para salir a campo abierto. Es una sensación increíble estar al aire libre... Especialmente para sir Gadabout.

Nos tumbamos sobre la fragante hierba. Simon arma una caña y se dispone a pescar para prepararnos la cena. Tío Budrick y Millie caen dormidos. A mí también se me cierran los ojos, pero entonces viene sir Gadabout y se sienta junto a nosotros.

«Has mencionado el *Libro de las Profecías*», le dice a Kevyn.

¿DÓNDE LO HAS VISTO? ¡ESAS PÁGINAS SON DOMINIO DE LOS **HECHICEROS**!

¡EXACTAMENTE! FUE EL **MAGO MUMBLÍN** QUIEN NOS LO ENSEÑÓ.

Los ojos del señor mayor se encienden.

«¡Mumblín! Nos conocemos muy bien desde los días que compartimos con Conrad.»

¡UNA VEZ, ACCIDENTALMENTE, ME CONVIRTIÓ EN GALLETA DE ARÁNDANOS!

«Algo parecido ocurrió cuando convirtió a tío Budrick en ganso», digo.

Sir Gadabout parece solo un poco sorprendido.

«¡Ah! Así que es tu TÍO... Cuando vi que iba con vosotros un ganso hablador...»

Y Kevyn le explica el pasaje en el que libero Byjovia de las garras de Gastley. Se me hace un poco embarazoso escuchar palabras como «heroína» y «salvadora» entre las explicaciones. Intento no escuchar. Pero sir Gadabout no se pierde ni un detalle.

«Dios mío, Max —dice—. Para ser una chica tan joven ¡tienes un montón de trabajo por delante!»

Hago lo que él me pide. En pie frente a mí, sir Gadabout se saca del cinto la espada de Conrad.

«Max —proclama—, por el poder que me otorga la Comandancia de la Guardia Real del rey Conrad...»

... TE DECLARO EN ESTE MOMENTO CABALLERO DEL REINO.

«¿Qué problema hay?», pregunto.

«Bueno, es que los caballeros siempre son HOMBRES —contesta Gadabout algo avergonzado—. No estoy muy seguro de cómo dirigirme a ti.»

NO RESULTA DEMASIADO FÁCIL LLAMARTE «**SIR** MAX», ¿VERDAD?

OIGA, ¿Y POR QUÉ **NO**?

TÍO BUDRICK SE HACE LLAMAR «SIR», ¡Y SOLO ES UN **TROVADOR**!

✳¡EJEM!✳ ¿HAS DICHO **«SOLO»** UN TROVADOR?

¡Eeepa! No sabía que estaba escuchando. Se diría que alguien se ha ofendido.

EH... QUERÍA DECIR QUE... MMM...

NO PASA NADA, MAX, YA LO PILLO.

A ESTAS ALTURAS YA VOY ENTENDIENDO QUE NO QUIERES SER TROVADORA.

¡No puedo creer lo que estoy oyendo! «¿De VERDAD?»

«Es algo obvio —me dice—. Como decimos en los ambientes trovadorescos, te falta oído.»

Sí, ya sé lo que estáis pensando: las chicas no pueden ser caballeros. Pero yo voy a ignorarlo. Si el mismísimo sir Gadabout piensa que estoy lista para ese trabajo...

No, no es ningún móvil. Simon ha pescado las truchas suficientes para comer como es debido. Millie y yo vamos a buscar un poco de leña y hacemos una hoguera. Una hora después nos sentimos saciados.

«Supongo que debería decirse que por accidente —empieza a explicar Millie—. Crecí en un orfanato de Byjovia.»

«Entiendo», dice sir Gadabout mientras se rasca la barba.

¿Y TÚ TAMBIÉN ERAS UN HUÉRFANO, AMIGO?

Junto a la luz del fuego percibo el brillo en los ojos de Simon.

«No, yo tenía padres.»

«¿Tenías? —pregunta Kevyn, aclarándose la garganta—. ¿Están... muertos?»

PUEDE DECIRSE QUE SÍ.

¿QUÉ OCURRIÓ?

QUE GASTLEY SE CONVIRTIÓ EN REY. ESO FUE LO QUE OCURRIÓ.

ANTES DE ESO ÉRAMOS UNA FAMILIA FELIZ...

... PERO ENTONCES **CAMBIÓ** EL COMPORTAMIENTO DE MIS PADRES.

«¿A qué te refieres?», pregunta Gadabout, inclinándose hacia delante.

«Se les endureció el corazón —dijo Simon—. Era como si estuvieran en trance. Dejaron de preocuparse por mí.»

EN LUGAR DE ESO ADORABAN AL **REY GASTLEY**.

SENTÍA COMO SI NO LOS **CONOCIERA**.

«Cada día pasaba menos tiempo en casa», explica.

EN LAS CALLES CONOCÍ A OTROS NIÑOS CUYOS PADRES, COMO LOS MÍOS, SE HABÍAN CONVERTIDO EN EXTRANJEROS.

¡Uf, y yo que pensaba que MI vida era dura...! ¡Pobre Simon!
¿Por qué actuaban así sus padres?
Sir Gadabout tiene una teoría:

«Sí —dice Gadabout, con una mueca—. El corazón de las personas no se endurece así, sin más.»

«¡AJÁ!», grazna tío Budrick.

«Tienes razón, Max —dice sir Gadabout—. Los niños suelen ser inmunes a los efectos de la magia negra.»

«¿Y los padres de Kevyn?», pregunta Millie.

«... pero Mumblín me dijo una vez que las personas reaccionan a los conjuros mágicos como a la gripe. La mayoría se contagian, pero algunos no.»

«En otras palabras —declara Kevyn—, mis padres tuvieron suerte.»

Sir Gadabout mira al cielo del crepúsculo.

«Creo que mañana tendremos buen tiempo para viajar.»

«¿Ha dicho "tendremos"?», le pregunto.

El hombre mayor sonríe mientras se tiende sobre el suelo. «A veces esos son los mejores viajes.»

Al día siguiente reemprendemos el camino. Es divertido tener a Gadabout con nosotros. Nos habla de las aventuras que tuvo con Conrad en su día. Y cuando ya no tiene qué contar, a tío Conrad le gusta tomar el relevo.

«¡Esa planta tenía una trampa!», exclama Simon.

Corremos junto a él. Los ojos del señor mayor están abiertos.
Está vivo. Pero no se mueve. Y cuando habla su voz es muy débil.

«¡Voy a intentarlo!», dice Millie.

La pasea sobre el cuerpo de sir Gadabout y describe círculos por el aire. Nada. Le pongo una mano sobre el pecho. Apenas siento los latidos.

Me arrodillo junto a sir Gadabout con el anillo que Mumblín me dio la noche antes de partir. No estoy segura de que un mago acabado pueda salvarle la vida, pero lo que sí sé es que nosotros no podemos. Está palideciendo. La respiración es entrecortada.

«Va a ver a un viejo amigo», le digo.

Él sonríe débilmente. Yo siento un nudo en la garganta cada vez más fuerte. Vamos, Max. Los caballeros no lloran.

Levanto la mano de sir Gadabout del suelo, y la siento como un peso muerto. Deslizo el anillo en su dedo, con cuidado, hasta el fondo.

Si levitar quiere decir despegarse del suelo... Entonces sí, eso es lo que está pasando. El anillo brilla, e instantes más tarde una luz deslumbrante cubre todo el cuerpo de Gadabout. Y luego...

¡ZZZOT!

Desaparece.

¿Y AHORA CÓMO PODEMOS SABER SI HA LLEGADO BIEN AL LADO DE MUMBLÍN?

SUPONGO QUE NO PODEMOS.

TENEMOS QUE ESPERAR LO MEJOR... Y TAMBIÉN QUE MUMBLÍN PUEDA CURARLO.

SI FUERA MEJOR CON LA MAGIA, TAL VEZ HABRÍA PODIDO CURARLO.

MILLIE, ¡NO PIENSES EN ESO AHORA!

SIGUES SIENDO UNA **PRINCIPIANTE**. YA IRÁS **APRENDIENDO** CÓMO SER UNA GRAN MAGA.

PERO APRENDER LLEVA SU **TIEMPO**. ¡REQUIERE **PACIENCIA**! ¡REQUIERE...

... ¡**LIBROS**!

¡**MIRA** CUÁNTOS HAY!

¡ES UNA AUTÉNTICA **BIBLIOTECA**!

CONJUROS PARA DUMMIES.

ENCANTAMIENTOS FÁCILES.

CÓMO GAFAR A LOS AMIGOS E INFLUENCIAR A LA GENTE.

HECHIZOS AL MOMENTO.

¡TODOS SON SOBRE MAGIA!

¡ESTA ES LA CASA DE UN **MAGO**!

¡Y NO DE UN **MAGO CUALQUIERA**!

Hay que reconocerlo: ella sí sabe cómo hacer una entrada.

«Eres Fendra», digo.

Sí, ya sé que no es la observación más brillante, pero es que no tenía nada mejor preparado.

¡Y **VOSOTROS** SOIS LOS MISERABLES NIÑATOS QUE INVADIERON EL **CASTILLO** REAL!

«¿Cómo puedes estar tan segura?», le pregunto, procurando poner un tono super-caballeresco.

¡TÚ NO ESTABAS ALLÍ!

«El rey Gastley y yo estamos en contacto constante, niña —dice ella con una sonrisa de desprecio—. Me ha explicado vuestra visita a la sala del trono.»

¡Y AHORA YA PODÉIS DESPEDIROS!

¡VOY A LIBRARME DE **VOSOTROS**!

«No, tú no puedes —dice Simon, dando un paso hacia ella—. No puedes hacer eso.»

SIR GADABOUT DICE QUE LOS NIÑOS SON INMUNES A LOS **EFECTOS** DE LA MAGIA NEGRA.

Fendra se queda inmóvil. Por un momento, parece sorprendida. Pero se recupera rápido.

«Sí, es cierto que cuando se trata de niños tengo que superar unas molestas protecciones —concede con frialdad—. Pero de todos modos ya te lo puedes creer: Soy capaz de haceros mucho daño.»

Millie ha sacado su varita, y ya apunta al corazón de Fendra. Le tiembla la voz, pero la mano es firme.

Fendra la mira, sorprendida. Luego se echa a reír como loca.

«¡Oh, esto no tiene precio!», exclama, burlona.

Sí, eso de los mocos estaba completamente fuera de lugar, pero Fendra lleva algo de razón. Millie acaba de decirnos, de hecho, que todavía no es una maga de verdad.

¿Cómo va a competir con una mujer que domina un REINO entero?

Respuesta: no puede.

«Estás fuera de alcance, cariño», dice Fendra con sorna.

¡PERMÍTEME ENSEÑARTE CÓMO SE HACE ESTO!

¡FWANG!

¡BAM!

Millie impacta contra los estantes. Fendra se vuelve hacia el resto de nosotros sin dejar de darle vueltas a la varita entre sus dedos como garras. Sin pensármelo dos veces, agarro la daga de mi cinto.

Fendra retrocede un paso. No es por miedo, sino por sorpresa. Mira el arma que sostengo en la mano, y por el destello de rabia en su mirada está claro que la había visto antes.

«Has hecho que repensara esta situación, niña —dice, acercándose—. Primero estaba enfadada porque habíais entrado en mi casa... Pero ahora veo que me habéis traído un regalo.»

«Propongo que nos llevemos este libro, Millie —dice Kevyn—. Puede resultar práctico.»

«Estoy de acuerdo —contesta—. Y creo que tenemos que irnos de aquí tan rápido como sea posible. Los conjuros lanzados por principiantes no duran mucho.»

«Creía que los gansos teníais un sentido de la orientación innato —dice Simon—. Ya sabes, para migrar y todo eso.»

«No sé si olvidas que yo no soy un ganso de verdad —grazna tío Budrick—. ¡Yo lo que soy es TROVADOR!»

... ADEMÁS, ¡YA TENGO GANAS DE VOLVER A SER UNA **PERSONA**!

«La próxima vez que veamos a Mumblín, pídele que vuelva a cambiarte», sugiere Simon.

«¿Estás de broma? ¡Ya has visto cómo hace magia ese hombre! —grazna tío Budrick—. ¡Es un desastre!»

La casa de Fendra ya queda lejos, ahí atrás. Los demás van charlando mientras avanzamos, pero a mí hablar no me apetece mucho. Tengo la cabeza demasiado llena de preguntas.

No obtengo respuestas... Lo cual no es ninguna sorpresa. No espero que ninguna voz misteriosa surja para decirme lo que tengo que hacer.

«¡Eh, Max! ¿Cómo va el viaje?», suelta Mumblín, como si eso de hablar por una banana fuera lo más normal.

«Pues bien —contesto—. Pero entonces... esta banana es como tu pomelo mágico, ¿no?»

«No seas absurda, querida mía...»

«Sí, lo he llevado a casa de Alice y Nolan, y lo estamos cuidando para que se recupere. Se pondrá bien, ya verás.»

La voz de Mumblín crepita y se pierde hasta que se hace el silencio. Sacudo la banana con la esperanza de restablecer la conexión... Pero supongo que lo he hecho con demasiada fuerza, y se me ha roto en la mano.

«Por lo menos sabemos que sir Gadabout está bien», apunta Millie.

«Pero Mumblín nos quería advertir de algo, fijo —nos recuerda Kevyn—. Seguro que ahí delante nos aguarda un peligro.»

Pongo la daga sobre una porción de terreno llano y la hago girar. Como era de esperar, se detiene apuntando a las montañas que se alzan en la distancia.

«Hacia el norte —anuncio—. ¡Venga, sigamos, centauros!»

Caminamos durante varios días. Nos alimentamos de las bayas que encontramos por el camino. Los campos y bosques dan paso a colinas escarpadas y pedregales. Al final, cruzamos un lecho de río seco y nos encontramos en la base de una montaña fría y gris.

¡QUE ALGUIEN ME DIGA QUE NO VAMOS A SUBIR AHÍ!

«No creo que tengamos que hacerlo», dice Kevyn.

¡MIRAD AHÍ! ¡PARECE UN **TÚNEL**!

¡PASAREMOS POR **DEBAJO** DE LA MONTAÑA, NO POR ENCIMA!

Simon saca un hatillo de palos secos de su mochila.

«Los había recogido para hacer una hoguera —explica—, pero también servirán como antorchas.»

Momentos después, nos introducimos en un mundo más oscuro que las aguas negras del foso de Gastley. Las antorchas nos dan una luz mortecina que levanta sombras en las paredes. Avanzamos despacio, y también con lentitud transcurren las horas.

«No sé si decir lo que voy a decir —susurra Kevyn—, pero ¿qué haremos cuando las antorchas se apaguen?»

A VER, HAZME UN FAVOR: LA PRÓXIMA VEZ QUE DUDES...

... ¡SIGUE DUDANDO Y CALLA!

¡CHITÓN! OIGO UN RUIDO.

Millie tiene razón. Se oyen unos chirridos, al principio muy tenues, pero que se hacen más fuertes a medida que avanzamos por la pendiente del túnel.

El pasaje se abre sobre una cámara enorme. En su centro, docenas de figuras mugrientas se muerden y arañan unas a otras. Andan erectas, pero no son humanas. Están cubiertas de un pelambre grasiento y se agitan alrededor de las brasas mientras rechinan todas esas filas de dientes amarillos.

Han dejado de pelear. Oigo un coro de gruñidos y olfateos, y veo que apuntan las narices hacia nuestro escondrijo. De pronto, algunas de ellas alzan el vuelo batiendo las alas cerúleas. Vienen a por nosotros.

Nos agarran y nos alzan como si fuéramos migajas y se nos llevan a través de la oscuridad, hasta que nos sueltan con brusquedad sobre el suelo de la gran caverna.

Cuando nos ponemos en pie, ellas ya han formado un círculo a nuestro alrededor. Estamos atrapados.

¡SCRIIIC!   ¡SCRIIIC!

¿TÚ QUÉ CREES QUE SE ESTÁN DICIENDO?

ALGO EN PLAN «PÁSAME EL KÉTCHUP», ¿NO?

¡NO OS DEIS POR VENCIDOS AHORA, CENTAUROS! ¡HABRÁ ALGÚN **MODO** DE SALIR DE AQUÍ!

BRUUUM

BRUUUM...

Hemos perdido nuestras antorchas, así que nos acurrucamos junto a las brasas. La tierra tiembla. El ruido atronador se hace todavía más fuerte.

Allí, en el otro lado de la caverna. ¿Se ha movido algo? Miramos a través de la oscuridad. Consigo distinguir una sombra grande y oscura. Oímos el eco de unas garras que arañan la piedra.

«Sea lo que sea, es demasiado grande para ser una rata», susurra Simon.

«Tienes razón. No es una rata», le digo.

Nunca antes había visto un dragón. Tío Budrick me había contado un montón de historias sobre ellos, pero siempre había pensado que eran fabulaciones suyas. Ni por un momento pensaba que los dragones fueran reales.

Mumblín tal vez no nos quería advertir sobre las ratas, sino sobre ESTA criatura. Parece dispuesta a mascarme bien mascada. Luego usará la daga de Conrad como mondadientes.

Eso me recuerda algo: tal vez debiera intentar defenderme. Después de todo, soy un caballero del reino. Matar dragones es parte del trabajo. Me saco la daga del cinto y la apunto hacia él mientras pienso en alguna frase bien gallarda.

EEH... HOLA, ¿QUÉ TAL?

POR FAVOR, NO TE NOS COMAS.

¿Y sabéis qué? ¡FUNCIONA! Por lo menos eso me parece en un principio. El dragón vacila y la luz anaranjada de sus ojos se diluye. Pero un segundo después me doy cuenta de que no es a mí a quien mira. Y de que nada de lo que he dicho lo ha detenido.

¡Es la DAGA!

Ya sabía yo que hay algo especial en ella, tal como me había dicho sir Gadabout en la Senda de los Muertos. Pero nunca hasta ahora había notado un comportamiento semejante: de pronto es ligera como una pluma. La empuñadura vibra y emi-

te un cálido zumbido que se me extiende por el brazo. Alrededor de la hoja flota un halo azul.

El dragón baja la cabeza hasta la superficie de la caverna.

«Las espadas reales tienen poderes especiales —nos recuerda Kevyn—. Como posees la daga de Conrad, este dragón te obedece.»

«¡Ah, qué bien! —contesto—. ¿Y qué hago yo con un dragón?»

«Pues subirte a su cuello, ¿qué vas a hacer sino?», grita Simon.

¡Pues vaya con el dragón! No tenía ni idea de que la respiración podía tener aplicaciones tan prácticas. Cuando se aclara la polvareda, vemos una banda de cielo azul al fondo del nuevo pasaje. Siento una bocanada de aire frío en la cara cuando el dragón despliega las alas y se prepara para alzar el vuelo.

Salimos disparados hacia arriba y nos apartamos de la montaña como si nos hubiera lanzado una catapulta. Estamos a centenares de metros de las copas de los árboles cuando por fin recupero el aliento.

¡OYE! ¡ESTO ES DE LO MÁS **ESTIMULANTE**!

¡FRENA, FRENA, DRAGÓN!

¡NO PODEMOS SEGUIR LLAMÁNDOLO «DRAGÓN»!

¡NECESITA UN **NOMBRE**!

«¡Lanzallamas!», propone Kevyn.
«¡Superalas!», propongo yo.
«Y Bruce, ¿qué os parece?», dice Millie.

¿BRUCE EL DRAGÓN?

¡ME GUSTA!

¡Y CREO QUE A **ÉL** TAMBIÉN!

«¿Adónde podrá llevarnos?», pienso en voz alta.

«Quizá vayamos al fin del mundo», supone Simon.

«Hay quien dice que la Tierra no tiene límites», declara Kevyn.

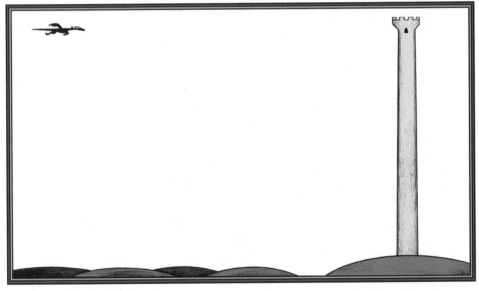

Bajo nosotros distinguimos unas pequeñas colinas. Sobre la más grande, como una única espiga de trigo que se levantara en un túmulo, se aposenta una torre de mármol inmensa. No forma parte de ningún castillo, ni la rodea ninguna ciudad. Se levanta allí

en soledad. Y a juzgar por la trayectoria del vuelo de Bruce, que ha empezado a descender, ahí es donde nos dirigimos. Momentos después estamos en el suelo, mirando a lo alto de la enorme columna.

«¿Creéis que alguien vive aquí?», pregunta Millie.

«Quizá no sea para VIVIR —dice Simon mientras pasa la mano por la superficie—. Quizá sea solamente un monumento.»

«De ser así...», dice Kevyn, que ha reparado en una pequeña abertura cerca de lo alto de la torre...

... ¿POR QUÉ IBA A TENER UNA **VENTANA**?

«Y si hay una ventana —añade Simon mientras da la vuelta a la base de la torre—, ¿no debería haber también una puerta?»

Nos quedamos callados y escuchamos. Otra vez lo oímos: una voz distante que viene flotando desde todo lo alto de la torre.

«Se diría que es un niño», dice Millie.

«Sí —dice Simon—, un niño que está ATRAPADO ahí arriba.»

«¡Compañeros centauros! —proclama Kevyn—. ¡Nuestro deber está bien claro!»

A veces es una gran cosa tener a un ganso en la familia. No es que sea un ganso grácil, eso no, pero tío Budrick cumple con el trabajo. Aletea y aletea hasta llegar a lo alto de la torre y se desliza por la ventana. Nosotros, abajo, esperamos.

«Lo siento de verdad si parezco pesimista», dice Kevyn después de una larga pausa.

¡PAAM!

✳¡AY, AY!✳ CREO QUE ME HE ROTO EL HUESO DE LA SUERTE.

¡PERO HA **FUNCIONADO**, TÍO BUDRICK!

¡HAS RESCATADO AL PRISIONERO!

OOOOH...

El niño se incorpora para sentarse. Es un chico de pelo corto, ojos azules y cara redonda. Por un momento me resulta familiar, como si ya nos conociéramos. Pero eso es imposible, así que lo descarto y me concentro en ayudarlo a incorporarse.

«¿Se habrá hecho daño al bajar? —pregunta Kevyn—. Un golpe en la cabeza pueda afectar a la memoria.»

«Pero actuaba igual cuando nos hemos conocido en la torre —señala tío Budrick—. No tenía ni idea de cómo había llegado hasta allí.»

«Me he hecho estas preguntas montones de veces —dice el chico, apenado—, pero no he podido encontrar respuestas. Lo que SÍ sé es que he vivido en esta torre durante muchísimo tiempo.»

DESDE MI VENTANA
HE CONTADO
**DOS MIL PUESTAS
DE SOL**.

«Pero eso... ¡Oh! —exclama Millie—. ¡Son más de CINCO AÑOS!»

«Así que cuando te encerraron eras un niño pequeño, ¿no?», pregunto yo.

«No sé a qué te refieres —dice él con el ceño fruncido—. Entonces no era más pequeño que ahora.»

¿NO HAS **CRECIDO**?

¿CRECER?
NO.

¡FASCINANTE!

¡FANTÁSTICO!

RARO.

«¿Y qué hay de la COMIDA? —piensa Simon en voz alta—. ¿Cómo has evitado morirte de hambre?

«La mujer me trae comida.»

«¿Qué mujer?», preguntamos a la vez.

«No sé cómo se llama», dice el chico, encogiéndose de hombros.

Se arrodilla y empieza a hacer líneas en la arena. Poco a poco toman forma unos rasgos: nariz afilada, pelo recogido y ojos pequeños y brillantes.

«Por supuesto, tenía que haber sospechado que estaba detrás», dije.

«¿Quién es Fendra?», pregunta el chico, confundido.

«Es la hechicera más desagradable del mundo —le contesta Kevyn—. Además, o mucho me equivoco o...»

«Este chaval debe de ser IMPORTANTE en algún sentido», dice tío Budrick, señalando con el ala a nuestro nuevo amigo.

Millie saca el libro que había encontrado en casa de Fendra y busca entre sus páginas.

«¡Ajá! —dice al cabo de un rato—. Aquí pone algo sobre lo que llaman "hechizo amnésico".»

«Sí —dice él—. Me gustaría saber qué se siente al recordar.»

El chico se tambalea, sacude la cabeza, pestañea como loco... Pero al final se tranquiliza: primero nos mira, luego mira la torre que se levanta desde la colina. La expresión cambia. La duda y la confusión desaparecen de su rostro.

«¿Ha... Ha funcionado? —pregunta Simon—. ¿Sabes ahora quién eres?»

El chico sonríe. Los ojos le brillan.

«Sí que lo sé.»

13

¡Uf, qué tensión DRAMÁTICA! Solo nos vemos capaces de mirarlo maravillados. Es un momento suspendido en el tiempo, un...

«Desapareció hace unos años —explica Kevyn—. Es normal que la gente pensara en lo peor.»

«¡Pero estoy vivo! —dice el chico con nerviosismo—. ¡Y soy el rey!»

Eso, sintiéndolo mucho, no me lo creo. ¿Y si se trata de otro de los trucos de Fendra? Tal vez haya algún artilugio mágico que esté actuando en estos momentos...

... MEJOR SERÁ QUE ME PREPARE PARA **DEFENDERME**...

Me saco la daga del cinto, pensando que nadie iba a verlo, pero él sí la ve. Se echa hacia atrás, con una gran expresión de sorpresa en el rostro.

«¡Tienes mi daga!», grita.

«¿Qué? —digo, sin poder ocultar mi sorpresa—. ¿C... Cómo sabes tú que...?»

«Si un hombre posee algo y lo cuida durante toda su vida...», explica.

... ¿ACASO NO ES NORMAL QUE LO RECONOZCA?

SÍ... CLARO... PERO...

ENTIENDO QUE NO TE FÍES DE MÍ.

«La daga revelará quién soy. Colócala en el suelo...»

... Y HAZ QUE DÉ VUELTAS.

... Y APUNTARÁ AL NORTE, YA LO SÉ.

PERO ¿ESO **QUÉ** PRUEBA?

NO APUNTA AL **NORTE**, ¡NO DIGAS GANSADAS!

NO TE OFENDAS.

NO, TRANQUI.

¡ES UNA ESPADA REAL! ¡APUNTA AL **REY**!

¡Parece tan seguro! Empiezo a creer que en realidad este chico es realmente Conrad. Me inclino y hago girar la pequeña espada.

Se detiene orientándose hacia los pies del chico.

«Asegúrate —dice él, sonriendo—. Vuelve a probar.»

Vuelvo a voltear la daga. Y luego otra vez, y otra. Cada intento concluye del mismo modo: con la espada exactamente orientada hacia...

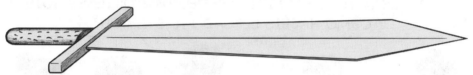

«Esto te pertenece», digo, entregándosela.

No sé si se supone que debo hacer una reverencia o inclinarme o qué. Nunca me había encontrado ante un rey de verdad. Gastley no cuenta.

«Gracias —dice él, dándome la mano—. Gracias, eh...»

«Max», le digo.

«¡Sir Max!», me corrige Kevyn.

SIR GADABOUT, SU HOMBRE, **MAJESTAD**, ¡LA ARMÓ **CABALLERO**!

Las cejas de Conrad se alzan.
«¡Esta historia tengo que escucharla!»

POR FAVOR, TODOS VOSOTROS: DECIDME QUIÉNES SOIS Y *CÓMO* HABÉIS LLEGADO HASTA AQUÍ.

Así que nos presentamos y le describimos todo lo que ha ocurrido desde que dejamos Byjovia.
«¡Madre mía! —exclama Conrad—. ¡Menudo viaje!»

SÍ, PERO NO TENÍAMOS NI IDEA DE QUE NOS TRAERÍA HASTA **TI**.

QUIZÁ **PODRÍAMOS** HABERLO ADIVINADO. ¡ACABO DE DARME CUENTA DE QUE EL *LIBRO DE LAS PROFECÍAS* LO **ANUNCIABA**!

¿RECUERDAS LOS VERSOS FINALES? ¡«TENDRÁ QUE AYUDARSE DEL HOMBRE Y DEL NIÑO»!

ESE **SOIS VOS**, MAJESTAD. ¡**VOS SOIS** A LA VEZ **HOMBRE** Y **NIÑO**!

SÍ, GRACIAS A **FENDRA**.

«ELLA fue quien me convirtió en un niño.»

«Pero ¿por qué?», pregunta Simon.

«Para ayudar a mi pobre y desencaminado hermano a usurpar el trono —contesta Conrad—. Escuchad la historia, amigos, y así creo que se revelará la traición en toda su profundidad.»

COMO YA SABRÉIS, SALÍ DE BYJOVIA EN BUSCA DE UN MONSTRUO MISTERIOSO...

VI VESTIGIOS DE SU PASO: CASAS ASOLADAS Y COSECHAS ARDIENDO EN LOS CAMPOS.

PERO CUANDO PREGUNTABA LO QUE HABÍA OCURRIDO, NADIE SE PONÍA DE ACUERDO...

ERA UN DRAGÓN.

ERA UN PATO.

Y EL ROSTRO DE LOS LABRIEGOS ERA SIEMPRE IGUAL DE INEXPRESIVO.

EN **REALIDAD**, ¿POR ALLÁ HABRÍA PASADO UN MONSTRUO...

... O ESAS POBRES ALMAS ESTABAN **EMBRUJADAS**? ME INVADÍAN LAS SOSPECHAS.

DECIDÍ VOLVER A BYJOVIA. Y ENTONCES...

¡AYUDADME, BUEN SEÑOR!

¡UNA SERPIENTE ME HA **MORDIDO**!

¡EL DIENTE SE ME HA HINCADO EN LA PIERNA Y SE HA ROTO! ¡DEJADME UNA DAGA Y PODRÉ SACÁRMELO!

LE ENTREGUÉ LA DAGA A ESE POBRE HOMBRE, Y...

«¿Y para qué quería tu daga?», pregunta Millie.

«Gastley siempre quiere cualquier cosa que lo haga más fuerte —explica Conrad—. La daga es un arma real. Tiene un poder inmenso, sobre todo si se cruza con la espada.»

«Pero TÚ seguías teniendo la espada —le recuerdo—. ¿No podías utilizarla para derrotarlo? Ya sabes, un duelo o algo así...»

«Sí, eso creo —dice el rey, asintiendo—. Si hubiera estado solo... Pero no lo estaba.»

DE PRONTO APARECIERON UNA DOCENA DE SUS SOLDADOS QUE SE HABÍAN OCULTADO HASTA ESE MOMENTO.

¡AL ATAQUE, CHICOS!

LUCHÉ CON TODAS MIS FUERZAS, PERO ME SUPERABAN.

¡CLING!

¡CLING!

TENÍA LA CERTEZA DE QUE IBAN A MATARME...

... Y ESO ERA TAMBIÉN LO QUE PREVEÍA MI HERMANO.

¡SÍ! ¡SÍ! ¡VENGA, ACABAD CON ÉL!

¡NO!

¿NO VES QUE LO NECESITAMOS **VIVO**, TONTÍN?

¡ZZWIP!

PERO RESULTÓ QUE DURANTE LA LUCHA EL EXTRAÑO AL QUE HABÍA ENTREGADO LA DAGA ¡SE HABÍA ESCAPADO!

«¡Y ese extraño es el tipo que nos ROBÓ! —graznó tío Budrick—. ¡Por ESO tenía la daga!»

«¡Vaya, pues! —exclama Kevyn—. ¡Sin quererlo, resulta que ese malandrín nos ha prestado un muy buen servicio!»

«¡Tienes razón! —dice Conrad—. Evitó que mi hermano poseyera ambas armas reales.»

... Y ESO A GASTLEY LO **ENFURECIÓ**.

¿LO HABÉIS DEJADO **ESCAPAR**, GAZMOÑOS?

TRANQUILO, GASTLEY. MIENTRAS TENGAMOS A CONRADÍN...

... NUESTRO PLAN TENDRÁ ÉXITO.

NO ME LLAMES «CONRADÍN».

Y OTRA COSA: ¡NO LO VAIS A LOGRAR!

¡Y TANTO QUE LO LOGRAREMOS!

«Y eso fue lo que ocurrió —concluye Conrad—. Desde entonces he estado prisionero en la torre.»

«Solo hay una cosa que no entiendo —dijo Simon con expresión preocupada—. ¿Por qué insistió Fendra en mantenerte con vida?»

«He encontrado el encanto que Fedra utiliza para controlar a la gente de Byjovia —dice con excitación Millie, que no deja de buscar en el libro de magia—. ¡Y resulta que la sangre de Conrad es el ingrediente principal!»

«Escama de dragón, diente de ogro, fango de camposanto...

... piel de serpiente, tela de araña y una gota de sangre real.»

«Aquí pone que la sangre tiene que ser fresca —dice Millie antes de seguir leyendo—. Así el encantamiento se prolonga una semana.»

«¡Cáspita! —grita Kevyn—. ¡Todo tiene sentido! ¡Fendra tiene que renovar el hechizo cada semana!»

¡POR ESO VIENE A SACARTE SANGRE CADA SIETE DÍAS!

AH, ¿SÍ?

¿QUÉ?

HOY ES EL SÉPTIMO DÍA. ¡FENDRA PUEDE LLEGAR EN CUALQUIER MOMENTO!

«Ya escapamos de ella una vez —dice Simon—. Intentarlo una vez más sería tentar la suerte.»

TENEMOS QUE IRNOS. **YA**.

LO DE BRUCE HA SIDO UNA PENA.

HABRÍA SIDO MÁS **RÁPIDO** MONTARLO QUE CAMINAR.

¿Y POR QUÉ NO NOS MONTAMOS EN ESA CABALGADURA?

¿CABAL...?

¡DUSTY!

ESO ES LO QUE SE LLAMA UN GIRO IMPROBABLE DEL GUION.

«Max —dice Kevyn con expresión preocupada—. Los seis no podemos montar en Dusty. Necesitamos otro caballo.»

Conrad mira la torre solitaria por última vez.

«Creía que esa habitación iba a ser mi hogar para siempre —dice—. Gracias, amigos, por liberarme... Y por devolverme la memoria.»

«No nos des las gracias todavía —le indico—. Nada de todo esto tiene valor mientras Gastley siga en el trono.»

«Entonces, tenemos que ir hacia el sur», indica Conrad.

14

«Desde luego, tu tío se sabe un montón de canciones», dice Conrad.

Nos hemos detenido tras horas y horas de cabalgata que tío Budrick nos ha amenizado cantando durante todo el trayecto, sin parar. Ahora vamos por la vigesimocuarta estrofa de «La balada de Jaimito el Flatulento».

«Ya lo siento —le contesto en un susurro—. Le gusta actuar, y resulta que somos el único público que tiene.»

«Ánimo, amiga mía —dice Conrad, dándome un golpecito en el hombro—. En cuanto arreglemos todo este lío en Byjovia...»

... ¡TÚ Y CONRAD PODRÉIS VOLVER A VUESTRA VIDA DE **TROVADORES**!

«Estee... Sí, estoy segura de que él sí que podrá —digo yo, escogiendo las palabras con cuidado—. Pero a mí, la verdad... Me gustaría otra cosa.»

... ¡COMO HACERME **CABALLERO**!

SIR GADABOUT YA ME HIZO CABALLERO **HONORARIO**, PERO ¡QUIERO SERLO DE **VERDAD**!

MAX...

«Estoy seguro de que ya sabes que en Byjovia las chicas no pueden ser caballeros.»

Él es el rey. Si alguien puede contestar a esta pregunta es él.

«Qué pasaría si TÚ no pudieras ser rey solamente porque eres un chico, ¿eh? ¿ESO sería justo?»

«Yo... Yo... —Conrad parece un poco confuso—. Tengo que admitir que no se me había ocurrido que las chicas pudieran...»

«¡No se trata solamente de las CHICAS, alteza!», interviene Kevyn.

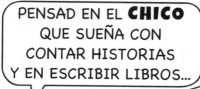

PENSAD EN EL **CHICO** QUE SUEÑA CON CONTAR HISTORIAS Y EN ESCRIBIR LIBROS...

... ¡Y RESULTA QUE TIENE QUE SERVIR COMO APRENDIZ DE **MOZO**!

Se hace un silencio en nuestro grupo. Incluso tío Budrick se ha callado. Conrad está de lo más pensativo.

«Tal vez haya que cambiar más cosas en Byjovia de las que pensaba —dice al final, antes de ponerse en pie—. Gracias por vuestra sinceridad, amigos. Me habéis abierto los ojos.»

¡Y AHORA, RETOMEMOS NUESTRO VIAJE!

UN MOMENTO, QUE VOY A BEBER.

PE... PERO **QUÉ**...

¡SIGO SIENDO MEDIO **GANSO**!

Corremos hasta una arboleda y nos agazapamos en silencio. «¿De qué nos escondemos?», susurra Millie.

La Hechicera del Norte ya no es la criatura peluda que habíamos dejado roncando en su casa. Vuelve a ser ella, y atraviesa el cielo como un murciélago gigante.

«Seguro que acaba de hacer su visita semanal a la torre Olvidada», murmura Kevyn.

«Entonces se habrá enterado de que el banco ya está cerrado», añade Conrad con una mueca.

«Va de camino a Byjovia —dice Conrad, mientras sube a la grupa de tío Budrick—. En escoba no tardará más que unas horas.»

Ninguno de nosotros sabe qué es eso de un autobús, pero a tío Budrick eso no le importa. Está concentrado en el trayecto. Y nosotros lo mismo, y avanzamos milla tras milla, hasta que el aire se hace más cálido y el paisaje, más familiar. Al final, en el quinto día, alcanzamos la cresta de una montaña. Y ahí delante la tenemos, esplendorosa:

«Pe... Perdone si lo miro así, joven —tartamudea Mumblín—, pero se parece usted mucho a alguien a quien conocía.»

«Yo soy ese a quien conocías —dice Conrad, radiante—. Y te he echado mucho de menos en estos últimos cinco años.»

Es un encuentro alegrísimo. Mumblín no puede borrar la expresión sorprendida de su rostro. Escucha con gran interés la larga experiencia de Conrad como prisionero de Fendra.

«No quiero que me malinterpretes —le digo—, pero ¡se diría que tus capacidades mágicas han... Eh... mejorado!»

«¡Pues sí! —dice la mar de sonriente—. ¡Al final conseguí una VARITA nueva!

«¡De muchas cosas! —contesta Mumblín—. Por ejemplo: Fendra ha estado utilizando una POCIÓN para embrujar a los súbditos del reino.»

«Eso ya lo sabíamos —indico—. Pero ¿cómo lo hacía para suministrarla?»

«Adulteraba el suministro de agua —contesta Mumblín—. Todas las semanas, los soldados de Gastley han estado contaminando los pozos del reino con la poción de Fendra.»

«¡Hasta ESTA semana!», observa Millie.

«Exactamente —dice Mumblín—. Los efectos de la poción ya se van pasando. La devoción de la gente por Gastley empieza a derrumbarse.»

¡FANTÁSTICO! ASÍ LO HABÍAMOS PREVISTO.

NO **TODO** SON BUENAS NOTICIAS, ME TEMO.

¡SIR GADABOUT HA **DESAPARECIDO**!

«¿DESAPARECIDO?», gritamos todos, alarmados.

«Cuando lo enviasteis aquí se recuperó enseguida —continúa diciendo Mumblín—. Cuando recuperó las fuerzas dijo que había algo que tenía que hacer. Desde entonces no lo hemos vuelto a ver.»

TEMO QUE LO HAYAN CAPTURADO. O ALGO **PEOR**...

¡REPÁMPANOS! ¡ENTONCES, NO PODEMOS ESPERAR!

¡VAMOS, AMIGOS, ES EL MOMENTO DE RECUPERAR NUESTRA CIUDAD!

¡ESPERA! ¡SOMOS **FUGITIVOS**, Y NOS BUSCAN!

¡NECESITAMOS **DISFRAZARNOS**!

¡MUMBLÍN! ¿PODRÍAS CAMBIAR NUESTRO ASPECTO CON MAGIA?

«Sí —contesta—, pero eso no serviría de nada. Fendra se ha asegurado de que cosas así no puedan ocurrir.»

¡HA SOLTADO UNA **MALDICIÓN** ALREDEDOR DE BYJOVIA! ¡MI MAGIA NO FUNCIONARÁ MÁS ALLÁ DE LAS MURALLAS DE LA CIUDAD!

¡EN CUANTO PASARAIS POR LA PUERTA, LOS DISFRACES MÁGICOS SE **DESVANECERÍAN**!

«Entonces, lo haremos a la antigua usanza —anuncia Kevyn—. ¡Seguidme todos!»

Nos conduce valle abajo a lo largo de un sendero irregular que se abre sobre un mosaico de pequeñas huertas.

«Mi padre viene a cuidar los caballos de esta granja», explica.

¡A LA FAMILIA QUE VIVE AQUÍ NO LE IMPORTARÁ SI TOMAMOS PRESTADAS ESTAS **PRENDAS**!

¡PERFECTO! LAS CAPUCHAS AYUDARÁN A TAPAROS LA CARA.

Y ESTE **CARRO** SERÁ EL **ESCONDRIJO** PARA EL RESTO DE NOSOTROS.

NOS **OCULTAREMOS** BAJO LAS PATATAS...

... Y **VOSOTROS** HARÉIS DE **CAMPESINOS** QUE LLEVAN SU COSECHA AL MERCADO.

¡BIEN PENSADO!

«¿"Mirad al cielo"? —repite Millie—. ¿Qué habrá querido decir con eso?»

Pero no hay tiempo para pensar. Tío Budrick ayuda a Conrad a enganchar a Dusty al carro, y el resto de nosotros se sumerge todo lo que puede entre las patatas. Y así iniciamos el camino lleno de baches hacia las puertas de Byjovia.

«Oh, oh», murmura tío Budrick cuando el carro se detiene.

Volvemos a avanzar, y tras unos minutos oigo la voz áspera de uno de los soldados.

«¡Estúpido! —dice la primera voz—. El rey Gastley lanzará un mensaje de la mayor importancia. La asistencia es obligatoria.»

«No van armados», anuncia el segundo guardia después de cachear a tío Budrick y a Conrad.

Pasamos por la puerta y traqueteamos por las calles empedradas. No puedo ver nada, pero puedo oír los gritos de los soldados de Gastley llevando a la gente a la plaza del mercado.

El fuerte sonido de una trompeta se eleva por encima del caos. Subo hacia la primera capa de patatas para echar un vistazo a la escena que se desarrolla ante nosotros.

Aparece Gastley, y enseguida percibo la prueba de que los efectos del hechizo de Fendra se debilitan: nadie aplaude. Varios soldados del rey vigilan en puntos estratégicos de la plaza con las espadas desenvainadas. El temor, denso, se percibe en el aire.

«¡Gentes de Byjovia!», empieza a decir Gastley.

Una oleada de aprensión recorre la multitud cuando Fendra surge de entre las sombras, sosteniendo una varita en su mano huesuda.

Dos soldados fornidos se abren paso entre la multitud, con el prisionero entre ellos. Intento ver mejor lo que ocurre, pero me lo impiden las masas que se agitan.

«¡Contemplad al condenado! —dice Gastley—. ¡Esta mañana se ha comprobado que alojaba a un grupo de traidores en su establo!»

Detrás de mí oigo un grito ahogado. Me vuelvo y veo a Kevyn, con los ojos muy abiertos, junto a Simon y Millie. Los cuatro luchamos por liberarnos. Esto es horrible: van a ejecutar a Nolan y nosotros estamos atrapados en un montón de patatas.

«Yo no podía limitarme a mirar cómo conspirabas contra la corona, mozo —dice lentamente—. Un rey ha de ser fuerte.»

Y en este momento una figura con capucha se abre camino hacia la parte delantera de la plaza. Se pone al lado de Nolan y mira hacia arriba, a Gastley.

«Sí, claro que sí —dice una voz que me resulta familiar—: un rey tiene que ser fuerte...»

Un silencio sobrecogido cae de pronto sobre la plaza del mercado. Es como si la gente de Byjovia hubiera perdido la súbitamente...

... Para luego volver a encontrarla.

Conrad levanta la mano, y la multitud vuelve a guardar silencio. Luego se dirige con calma a Gastley, cuyo rostro refleja en su palidez la impresión y la rabia.

«No eres digno de dirigir este reino —le dice Conrad—. Y no tienes derecho a arrebatarle la vida a este hombre.»

NO VOY A **PERMITIRLO**.

La sonrisa de Gastley es asesina. «Muy bien, hermanito.»

¡ENTONCES, **TÚ** MORIRÁS EN SU **LUGAR**!

DESTRÚYELO, ANDA.

¿ESTÁS LOCO?

SI **MUERE** NO PODREMOS SACARLE LA SANGRE PARA MI **POCIÓN**...

«¡Y esta poción es lo que te ha hecho rey!»

«Sí —responde Gastley con frialdad—. Y como soy rey, yo decido quién vive y quién muere.»

Finalmente, he podido librarme de mi prisión de patatas.

Bajo del carro y me interno en el claro en el que se encuentran Conrad y Nolan. Unos gritos de espanto surgen de la multitud cuando Fendra alza su varita. ¡Vamos, Max! ¡MUÉVETE!

Solamente puedo hacer una cosa: pasar por delante de Conrad y...

La columna de energía choca contra la daga como un rayo. Pensaba que la fuerza me la arrancaría de la mano, pero apenas siento nada... Apenas un brillo cálido cuando la energía toca el metal, rebota y sale disparada en dirección contraria, hacia...

Parece a punto de explotar. Tiene la respiración agitada, los ojos chispean de furia... Me señala con su dedo huesudo:

«¡Tú, mocosa miserable! Tú... ¡Has estado a punto de asesinar a tu REY!»

Conozco a este tipo. Estaba en la sala del trono de Gastley aquella noche en que sacamos a tío Budrick del castillo. Pero en esa ocasión blandía un hacha. Esta vez, en cambio, lleva una espada.

Pero, un momento... Esa espada... ¿Acaso no es...?

¡SIR GADABOUT!

¡LO ESTÁN **ECHANDO TODO A PERDER**!

¡CALMA, MAJESTAD, **CALMA**!

ESA PEQUEÑA RATA TAL VEZ HAYA ESTROPEADO MI **HECHIZO DE MUERTE**...

¡PERO HAY **OTRAS** MANERAS DE ENFRENTARSE A LAS **ALIMAÑAS** ENTROMETIDAS!

¡PLAF!

¡P**UUU**F.

... ¡COMO **COMÉRSELAS**, POR EJEMPLO!

Fendra ya daba bastante miedo como bruja. ¿Qué vamos a hacer ahora que es una SERPIENTE GIGANTE? El cuerpo inmenso empieza a deslizarse sobre los adoquines cuando sir Gadabout levanta su espada y se lanza al ataque.

Fendra se eleva, y abre las fauces dispuesta a atacar. Pero nunca gozará de esa oportunidad. Un destello deslumbrante, un rayo de luz restallante y...

Desde allá arriba, Gastley observa con incredulidad cómo la serpiente se convierte en polvo. No es ningún truco de magia. Fendra ya forma parte del pasado.

«¡GUSANOS MISERABLES!», aúlla.

¡ACABÁIS DE ARREBATARME A MI PROPIA HECHICERA!

BIEN, ¡PUES VEAMOS CÓMO SE LAS APAÑAN VUESTRAS ARMAS REALES CON **ESTO**!

¡KLONGG!

«¡Maldito sea ese gong! —susurra Gadabout con los dientes apretados—. ¡Hará que sus soldados acudan a la carrera!»

Todos oímos el estruendo de las pesadas botas que se acercan. Momentos después, desde todas las bocacalles de callejuelas y avenidas las tropas de Gastley caen sobre la plaza blandiendo sus armas.

«Esteee... ¿Podemos derrotar a todo un ejército?», pregunto.

«No tendremos que esforzarnos», dice Conrad, mirando hacia el horizonte.

Todos observamos con asombro cómo Mumblín y su banda de dragones surgen por encima de los tejados y caen sobre la plaza. La gente está aterrorizada, pero no tardan en comprender que no hay nada que temer.

¡Solo han venido a por los soldados!

Bruce aterriza justo a nuestro lado y asiente para saludar. Mumblín desciende de su cuello al suelo con una agilidad sorprendente.

«¡Gracias, compañero!», dice mientras le acaricia el morro a Bruce.

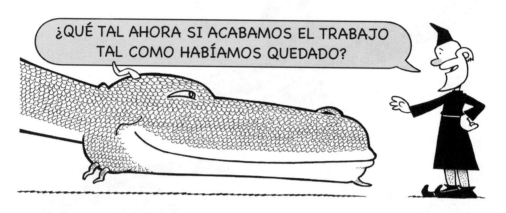

El dragón resopla e inclina la cabeza hacia la plataforma a la que está asomado Gastley.

Con unos cuantos golpes de sus poderosas alas, Bruce asciende hasta las nubes y se une a las huestes de dragones que vuelan hacia el norte. Son tantos que resulta imposible contarlos, y cada uno sujeta en sus gigantescas garras a un grupo de aterrorizados soldados. Los gritos de Gastley resuenan y van apagándose hasta confundirse con la brisa cambiante. Ya está. Se ha ido.

«¡Será un honor, Millie!», responde Mumblín.

«Digo que sí —contesta inmediatamente Conrad—. Sin la simpatía y el coraje de Millie, nuestra causa habría fracasado.»

«Desde hoy en adelante, todos los niños de Byjovia escogerán sus propios caminos en la vida, sin que importe adónde puedan llevarlos», declara el rey.

¡Oye! ¿Habéis visto eso? No es solamente que Simon y yo vayamos a ser caballeros, ¡es que además hemos inventado lo de «chócala»! Y todo eso sin PENSARLO...

«Bueno, Max, si vas a ir a la escuela de caballeros, creo que voy a dejar mi carrera artística», me dice tío Budrick.

«Te nombraré trovador real —anuncia Conrad—. En lugar de errar por los caminos hasta países lejanos...»

No, ni yo tampoco. Y que conste que lo he intentado. De todos modos, estoy contenta de que tío Budrick se quede por aquí. Lo echaría demasiado en falta si volviera a los caminos. Tal vez no sea el tío perfecto...

¿Sabéis qué tontería iba a decir? Pues que tío Budrick es mi única familia. Pero eso no es cierto EN ABSOLUTO.

Kevyn viene corriendo, muy emocionado.

«¡Es justo lo que el *Libro de las Profecías* había previsto, Max! ¡Eres una HEROÍNA!»

Noto un calorcillo en las mejillas.

«No soy ninguna heroína —le contesto—. La mayor parte de las veces ni siquiera sabía lo que estaba HACIENDO.»

«¡Eres demasiado modesta! —exclama—. Gracias a TI, iniciamos una nueva y brillante etapa en la historia byjoviana.»

Miro a mi alrededor: en la plaza todo son rostros felices. La gente se abraza. Voltean las campanas de la torre del palacio.

«Ya te entiendo, ya... ¡Qué día este!»

«¡Y tanto! —dice Kevyn con una sonrisa—. ¡Qué día...!»